ULLSTEIN

W0214264

Das Buch

September 1943 bis zum bitteren Ende: Hochdekoriert nach seiner letzten Feindfahrt, übernimmt Korvettenkapitän Lorenz eines der neuen Fern-U-Boote, Tarnname: *Monsun*. Der BdU schickt ihn mitten durch feindliches Gebiet zu den japanischen Verbündeten, 20000 Seemeilen und monatelang ohne Versorgung auf See. Die ersten Ausfälle treten bereits vor Ascension auf, dennoch legt *U-Monsun* täglich etwa 350 Seemeilen zurück und jagt – sozusagen im Vorbeigehen – dem Feind einige Torpedos in den Bug. Auf dem Rückweg allerdings beginnt sich das Blatt zu wenden. Mit letzter Kraft retten die Männer ihr Boot ins Versteck der geheimen Basis Retiro in Chile. Noch wissen sie nicht, dass die Reichshauptstadt Berlin bald vor der Kapitulation stehen und für den Rest der Dienstzeit gelten wird: »Durchhalten, Männer! Feinde schenken Feinden keine Blumen.«
Als dann die grauschwarzen Fetzen der Kapitulationsflagge tatsächlich über der deutschen Marine knattern, beschließt Korvettenkapitän Lorenz, nicht in deutsche Gewässer zurückzukehren...

Der Autor

C.H. Guenter wurde 1924 in Franken geboren. Wie viele seiner Altersgenossen legte er im Krieg das Notabitur ab und wurde dann zur Marine eingezogen, der er bis Kriegsende angehörte. Seine wichtigsten Einsätze erlebte er als Seeoffizier, zum Teil auf U-Booten. Seine Laufbahn als Schriftsteller begann C.H. Guenter mit dem Schreiben von Schlagertexten und Kurzgeschichten. Später folgten Drehbücher und Kriminalromane. Viele seiner Romane erschienen in den USA, in England, Frankreich, Brasilien, Italien und Rumänien.

In unserem Hause sind von C.H. Guenter bereits erschienen:

Atlantik-Liner · *Das letzte Boot nach Avalon* (Band 1: *Einsatz im Atlantik;* Band 2: *U-136 in geheimer Mission;* Band 3: *Duell der Admirale)* · *Geheimauftrag für Flugschiff* DO-X · *Das Otranto-Desaster* · *Das* Santa-Lucia-*Rätsel* · *Der Schwarze Baron* · *Der* Titanic-*Irrtum* · *Kriegslogger 29* · *U-Kreuzer* Nowgorod · U-Z *jagt Cruisenstern*

C. H. Guenter

U-Boot unter schwarzer Flagge

Roman

Ullstein

Besuchen Sie uns im Internet:
www.ullstein-taschenbuch.de

Umwelthinweis:
Dieses Buch wurde auf chlor- und säurefreiem Papier gedruckt.

Ullstein Verlag
Ullstein ist ein Verlag des Verlagshauses
Ullstein Heyne List GmbH & Co. KG.
1. Auflage März 2003
© dieser Ausgabe by
Ullstein Heyne List GmbH und Co. KG
Umschlaggestaltung: Hansbernd Lindemann, Grafikdesign, Berlin
Titelabbildung: Viktor Gernhard
Gesetzt aus der Sabon
Satz: KompetenzCenter, Düsseldorf
Druck und Bindearbeiten: Ebner & Spiegel, Ulm
Printed in Germany
ISBN 3-548-25647-3

September 1943

Geleitzugschlacht
Noch einmal lebend zurück

Seit Tagen hing ein Schlechtwettergebiet zwischen Neufundland und Island. Das bedeutete schwere See, Brecher, Windstärke sieben bis acht, hin und wieder Orkanböen mit starken Regenschauern. Das Boot von Korvettenkapitän Lorenz patrouillierte schon wochenlang an den nördlichen Geleitzugwegen. Ohne Erfolg. Das Boot arbeitete hart in der Dünung, stampfte und rollte. Klitschnaß bis aufs Unterzeug und frierend, kamen die Wachen vom Turm herunter in die warme Zentrale. Mit ihren klammen Fingern waren sie kaum in der Lage, das Ölzeug auszuziehen. Die Laune an Bord war gedrückt bis mies. Ab und zu versuchte der Kommandant, seine Leute aufzurichten, aber viel kam nicht dabei heraus.

Er sagte etwa: »Durchhalten, Männer. Feinde schenken Feinden keine Blumen.«

Als die Stimmung schon nicht mehr zu unterbieten war, meldete die Vormittagswache des I WO Luther vom Turm: »Dampfer – Einzelfahrer.«

Der Kommandant vermochte sich kaum mehr zu erinnern, wie Dampfermasten und Schornsteine am Horizont aussahen. Sofort war er oben, ließ sich ein frisch geputztes Glas reichen und schaute in die angegebene Richtung. Dabei stellte er mehrere Zerstörer fest. Sie hatten also einen stark gesicherten Geleitzug vor sich. Jetzt galt es, Fühlung zu halten. Sie berechneten Kurs und

Fahrt des Konvois und hielten dann, außen herum, vor den Konvoi.

»Beide Diesel große Fahrt.«

Das Boot schütterte bis zur Turmverkleidung unter der erhöhten Drehzahl. Der LI, Leutnant Harms, schaute besorgt nach oben. »Große Fahrt? Wie lange?«

Leitende machten sich immer Sorgen um ihre Diesel. Mehr als um ihre eigene Gesundheit.

»Wir müssen uns vor ihn setzen, um eine günstige Angriffsposition zu bekommen.«

Das sollte der erfahrene LI eigentlich wissen. Wegen der Zerstörer mußte Lorenz äußerst vorsichtig operieren – Sehrohr aus, Sehrohr ein, immer nur ein kurzer Blick. Am Nachmittag, als er weit genug vor dem Gebiet stand, ging er endgültig unter Wasser. Von der Zentrale aus unterrichtete er die Besatzung.

»Wir stehen jetzt vor Geleitzug, zwei Zerstörer, mindestens elf Dampfer und Grobzeug.«

Der Horcher meldete schnelle Schraubengeräusche. Demnach rückte die Geleitzugsicherung näher.

»An Backbordseite passiert Zerstörer – Zerstörer kommt frei.«

Lorenz fuhr das Sehrohr immer wieder kurz aus und wieder ein. Seine Besatzung ließ er daran teilhaben, wie sich die Situation entwickelte. Mittlerweile zählte er fast zwanzig Dampfer. Schon kam das Kommando, die Rohre zu bewässern.

»Alle Rohre fertig zum Schuß.«

»Schokolade für den Kommandanten«, hieß es wie immer beim Angriff. Eine Tafel war seine Kampfration.

Da lief der zweite Zerstörer direkt auf ihn zu.

»E-Maschinen äußerste Kraft. Auf achtzig Meter gehen.«

Der Zerstörer drehte jedoch ab. Vielleicht war er auch nur zufällig aufgekommen.

Bei Eintritt der Dämmerung hatte Lorenz mit seinem Boot die Sicherungen durchbrochen und war mitten im Geleitzug. Frei von U-Boot-Jägern und Seitenzerstörern, dampfte er mit etwa neun Knoten daher. Das Sehrohr gebrauchte Lorenz jetzt noch sparsamer.

»Kurs jetzt 240. Genau vierzehn Meter einsteuern.«

Der große Augenblick war da. Das Boot sah sich von allen Seiten von Dampfern umgeben. Mit all seiner Erfahrung suchte sich Lorenz die beste Schußposition aus. Wie konnte er am besten nach mehreren Seiten schießen? Es galt, möglichst viele Dampfer auf einmal zu erledigen, bevor sie ihn orteten und jagten. Er stand am Sehrohr, die Arme über die Griffe gehängt. Plötzlich zackten drei Dampfer aus. Er konnte die Leute an Deck deutlich sehen. Er zögerte nicht mehr. Hastig nannte er Schußwerte, Gegnerfahrt, Gegnerlage. Der Rechner oben im Turm arbeitete summend.

»Sehrohr ein ... erstes Rohr los ... zweites Rohr los und nachfluten.«

Der Kommandant schoß die vorderen vier Rohre leer und dann mit dem achteren. In kürzester Zeit hatte er vier Dampfer erwischt. Zwei davon kippten ihm regelrecht entgegen. In Lorenz löste sich die Starre. Er begann wieder, tief durchzuatmen.

Der vierte Dampfer sackte übers Heck weg. Dann wieder ein neuer Treffer: Wumm. Tanker mittschiffs erwischt: Wumm.

Lorenz ließ nachladen. Hoffentlich dauerte es nicht zu lange, damit die Chance nicht vertanzt wurde.

»Geschätzte Tonnage bisher 30000 Tonnen«, ließ er den I WO im Kriegstagebuch notieren.

Die Rohre wurden klar gemeldet. Nach elf Minuten neuer Anlauf, neue Schüsse. Atemlos. Die Stoppuhren tickten.

Beim ersten Dampfer Kesselexplosion. Der zweite war ein Benzinfrachter. Der platzte in einem Feuerball gen Himmel. Dann kamen die Zerstörer. Mit voller Wucht brausten sie heran.

»Nichts wie weg vom Acker. Die wissen jetzt, wo das Boot steht«, fürchtete Lorenz. »Nun das übliche.«

»Saures«, ergänzte II WO Trippel.

Das war noch untertrieben. Die Wasserbombenverfolgung dauerte achtzehn Stunden. Die Männer wurden herumgeschüttelt, als säßen sie in einem Mixbecher. Und der Barmixer war ein Meister seines Fachs. Das Boot nahm Schaden. Als alles endlich vorbei war, versuchten sie, mit Bordmitteln zu reparieren.

Im Frühherbst kam U-Lorenz zum Stützpunkt zurück. Sieben weiße Wimpel hingen am ausgefahrenen Sehrohr, als das U-Boot in St. Nazaire durch den Schleusenkanal einlief. Lorenz wirkte quarkhäutig und hohlwangig, aber sonst wie immer picobello. Stets pflegte er sich vor dem Einlaufen den Bart abzunehmen. Niemand konnte behaupten, daß Lorenz jemals unrasiert von Feindfahrt zurückgekommen sei. Seine braune Haartolle war sogar mit Pomade gescheitelt. Über dem Kragen des weißen Isländerpullover trug er das Ritterkreuz umgehängt. Die Auszeichnung hatte er sich schon als schneidiger Kommandant bei den Schnellbooten verdient, ehe cr zur Elite der U-Boot-Fahrer gestoßen war.

Das Boot machte fest, erst Wurfleinen, dann Trossen. Die Musik spielte. Korvettenkapitän Lorenz federte über die Stelling an die Pier und machte dem Flottillenchef Meldung.

»Gratuliere«, sagte der Kapitän zur See. »Einen Geleitzug überhaupt zu finden grenzt heute schon an ein Wunder.«

»Wir entdeckten erst einen Einzelfahrer«, erklärte Lorenz. »Nanu, dachte ich gefühlsmäßig, muß da doch ein Nest sein. Immer mehr Masten tauchten auf, Rauchwolken, dann die ganze Mahalla.«

»Der Einzelfahrer hat Sie direkt zu einem Geleitzug gelotst?«

»Sicher nicht seine Absicht«, vermutete Lorenz brummig.

»Wohl kaum«, bemerkte der Flottillenchef ironisch.

»Und sogar die Torpedos haben funktioniert. Kein Fehlschuß.«

»Na ja, den Rest später im Casino.«

Die Besatzung ging von Bord, etwas unsicher auf den Beinen nach dem langen Seetörn, in dem viel zu weiten Lederzeug, Salzränder an den Seestiefeln und die paar armseligen Klamotten in fleckigen Segeltuchbeuteln. Wenn ein Boot Glück hatte und einen erfahrenen Kommandanten, dann kam es auf diese Art vom Kampf zurück. Besser vergammelt als gar nicht.

Es war unglaublich, was die Männer geleistet hatten. Sie nahmen einen tiefen Schluck aus der berühmten Viktoria-Pulle.

Und in dieser Nacht würden es noch einige mehr werden.

Oktober 1943

BERLIN
RAPPORT BEIM U-BOOT-CHEF
Patria II

Korvettenkapitän Lorenz wurde nicht ohne Grund zum Befehlshaber der U-Boote befohlen. Er hatte schon an vielen Orten dem Chef über seine Feindfahrten Meldungen erstattet, in Kernével, dem Sardinenschlößchen nahe Lorient, am Boulevard Souchet in Paris. Zur Zeit aber residierte der Admiral in der Nähe von Berlin.

Der Dienstwagen holte Lorenz am Anhalterbahnhof ab. Die Fahrt ging nach Nordosten, Richtung Stettin. Nach etwa fünfundzwanzig Kilometern, mitten in der märkischen Landschaft, kam das Lager »Koralle«.

Vorn ein schweres Eisentor mit Schilderhäuschen, Posten in Marineblau, die MP 42 umgehängt. Schlagbaum hoch. Zwischen Kiefern standen die grauen Baracken des Reichsarbeitsdienstes. Dahinter dichter Wald. Von Baracke zu Baracke schlängelten sich gepflegte Wege. Hier also wurde die Marine-Strategie entwickelt.

Der Mercedes stoppte vor dem Stabsgebäude. Ein Adjutant empfing Korvettenkapitän Lorenz.

»Der BdU ist noch in einer Konferenz. Wenn Sie solange in der Offiziersmesse warten wollen. Genug Zeit zum Mittagessen.«

Wie freitags meistens gab es bei der Marine Labskaus. Allerdings ohne Gurke.

»Salzgurken sind ausgegangen«, sagte die Serviererin.

Lorenz blickte kurz vom Essen auf und sah am Nebentisch einen Mann sitzen, den er gut kannte. Sie waren zusammen auf der Offiziersschule in Flensburg gewesen. Er hatte den Rang eines Kapitänleutnants als Ingenieuroffizier. Noch immer sah er ein bißchen aus wie Willi Fritsch in dem Film »Die Drei von der Tankstelle«. Es war Markus Hummer.

Hummer kam mit seinem Teller herüber. Sie begrüßten sich wie alte Freunde, aber ohne Küsserei.

»Was machst du beim Befehlshaber der U-Boote?« wollte Lorenz wissen.

»Der ist jetzt auch Befehlshaber der Marine.«

»Bist du hier zum Befehlsempfang?«

Hummer strahlte über das ganze Gesicht. »Für mich ist der Krieg zu Ende. Geht mir alles am Arsch vorbei. Man hat mich nach Schweden kommandiert zur Überwachung eines Neubaus in Göteborg.«

»Seit wann lassen wir in Schweden Schiffe herstellen?« wollte Lorenz wissen.

»Ist leider streng geheim«, erfuhr er.

Markus wechselte auffällig schnell das Thema. »Wie geht es Vera?«

»Sie ist auf dem neuen Gut in Oberbayern. Sie bearbeitet es mit ihrem Vater. Er züchtet Pferde und Rosen.«

»Und ist immer noch der alte widerspenstige Sozialdemokrat«, bemerkte Markus Hummer ironisch. »Habt ihr Kinder?«

»Noch nicht.«

»Na ja, in diesen schlechten Kriegszeiten ...«

»Es sind gute Zeiten«, verbesserte ihn der strammdeutsche Lorenz, »Krisen gibt es immer mal. Kann vorkommen, oder?«

Der Adjutant erschien und brachte Lorenz zum Oberbefehlshaber. »Der Admiral wartet auf Sie, Herr Kapitän.«

Dönitz hatte sich kaum verändert – eiskalt mit drei Froststernen. Er wirkte wie von einem Oberammergauer Holzschnitzer, markant in graues Wachs modelliert, die Kanten und Ecken scharf mit dem heißen Messer. Lorenz gegenüber verhielt er sich immer so, als sei er ein Vertrauter. Er kannte die Einstellung seines Korvettenkapitäns, der als politisch zuverlässig und regierungstreu galt.

»Männer, die ohne großes Trara ihre Arbeit verrichten«, erklärte der Admiral, »sind mir lieber als diese blonden blauäugigen Germanenknaben mit ihrem ewigen Gejammere über schlechte Ausrüstung, zu langsame Boote, fehlerhafte Torpedos. Gratuliere zu der letzten erfolgreichen Operation, Lorenz. War ja 'ne Versenkungsorgie.«

Er ließ sich nur kurz berichten. Die schriftlichen Ausführungen über den letzten Einsatz hatte er gelesen. Dann überreichte er Lorenz das Lederetui mit dem Eichenlaub zum Ritterkreuz. Das Eichenlaub aus versilbertem Blech. Wie es sich gehörte, fragte er auch nach Vera und dem alten Baron von Lüderitz.

Doch eine Bemerkung konnte er sich nicht verkneifen: »Ist er immer noch der unverbesserliche Rote?«

Lorenz wollte nichts Schlechtes über seinen Schwiegervater, den pensionierten preußischen Staatsrat, äußern. »Rot interessiert ihn nur als Blumenfarbe«, sagte er so locker wie möglich.

Der Admiral stutzte plötzlich. »Tragen Sie kein Parteiabzeichen?«

»Nicht zur Uniform, Herr Admiral.«

»Sie sind aber Parteigenosse?«

»Seit meiner Hitlerjugendzeit, Herr Admiral.«

Das schien Dönitz zu gefallen. Rasch kam er nun zur Sache. Kurz und bündig erklärte er: »Sie müssen nach Japan, Lorenz, mit einem IX-D2. Ich vertraue Ihnen weitere drei von diesen Monsun-Fernbooten an. Sie bringen BMW-Turbinentriebwerke nach Tokio. Die Japaner wollen die Me-262 nachbauen. Das ist wichtig für sie gegen die amerikanischen Mustang-Jäger. Unsere Verbündeten kämpfen gegen die Amis ziemlich am Zahnfleisch. Brauchen technische Hilfe. Mit den Monsun-Booten schaffen Sie das. Sie können monatelang ohne Versorgung auf See bleiben und kommen zwanzigtausend Meilen weit. Haben Sie schon ein solches Boot befehligt?«

»Nein, Herr Admiral.«

»Macht nichts«, tat es der BdU ab, »Sie wissen sowieso alles über U-Boote.«

Dieses Lob wollte Lorenz nicht unwidersprochen hinnehmen. »Leider weiß niemand alles über U-Boote, Herr Admiral.«

»Die Unternehmung wird eine harte Nuß«, bemerkte Dönitz noch.

Lorenz, der immer Glück gehabt hatte, erwiderte: »Man muß eben die weiche Stelle finden.«

»Fliegen Sie zurück nach Brest. Dort liegen die nagelneuen Monsuns. Und eine gute Rückkehr, Lorenz.«

Damit war der Korvettenkapitän per Handschlag entlassen. Er übernachtete in einem der Offiziersquartiere, hängte sich das neue Ritterkreuz mit Eichenlaub um und telefonierte dann mit seiner Frau Vera in Traunstein.

Am nächsten Tag begegnete er seinem alten Freund Markus noch einmal am Flugplatz Tempelhof. Sofort erkannte der Kapitänleutnant den noch neu glänzenden Orden.

»Ah, wir haben aufgerüstet«, spottete er, »für zwei Mark zusätzliches Blech.«

Dabei starrte er einem der Lufthansa-Mädchen nach, das den Hintern von der Abfertigung zum Rollfeld bewegte.

»Immer noch der alte Casanova«, bemerkte Lorenz.

»Nachdem ich ein Heer von Frauen geschwängert habe«, sagte Markus grinsend. »Aber bitte keinen Neid. Für jedes Schwein kommt der Schlachttag.«

Auf dem Vorfeld standen zwei Ju 52. Lorenz nahm die nach Paris, Hummer die ins neutrale Schweden über Stockholm nach Göteborg.

»Wo geht es als nächstes hin?« fragte er Lorenz zum Abschied. »Wohl nicht nach Hawaii, vermute ich.«

»Japan«, sagte Lorenz einsilbig.

»Ist auch nicht gleich um die Ecke«, meinte Hummer. »Schätze, da habe ich es in Göteborg bequemer. Ich muß bei der Kverness-Werft den Bau eines Passagierdampfers überwachen. Soll genau nach den Plänen der *Patria* erstellt werden. Du kennst die *Patria*, Luxusdampfer der deutschen Afrika-Linie?«

»Die *Patria* liegt in Flensburg«, erinnerte sich Lorenz. »Ich war dort beim Torpedolehrgang untergebracht. Ein fast neues Schiff. Warum nehmen sie nicht die?«

Schnoddrig wie immer erklärte Markus: »Sie diente jahrelang als Absteige für U-Boot-Schüler und dürfte sich an der Pier ziemlich festgeschissen haben. Die neue *Patria* hat weniger Kabinen, dafür größere Bunker für Treibstoff und gekühlte Provianträume.«

Mißtrauisch erkundigte sich Lorenz: »Und wozu soll das gut sein?«

»Bitte frag mich etwas Leichteres«, antwortete sein Freund. »Vielleicht läßt sich einer von den Nazibonzen schon mal eine Luxus-Yacht bauen für die Zeit nach dem Endsieg.«

»Du bist ein altes verdammtes Lästermaul.«

»Schon immer gewesen«, sagte der Ingenieuroffizier.

»Paß besser auf, mit dem, was du sagst.«

Wenig später wurden die Motoren der Ju 52 angelassen, die Flugzeuge starteten in entgegengesetzten Richtungen.

November 1943 GEHEIME OPERATION 10 000 MEILEN UNTER WASSER

Im U-Boot-Bunker von Brest, unter einer sieben Meter dicken bombensicheren Decke aus Stahlbeton, lagen vier Fernboote vom Typ IX-D2. Die Boote waren nigelnagelneu. Überall wurde noch geschweißt, montiert und gemalt. Kabel lagen herum, Trossen spannten sich, Kompressoren ratterten, Azethylen-Brenner zischten und versprühten Funken. Auf allen Booten herrschte hektischer Betrieb. Die meisten Besatzungen waren schon eingestiegen. Überall krochen und wieselten die LIs herum, um zu kontrollieren und letzte Anweisungen an das Werftpersonal zu erteilen. Die Boote bekamen weder Namen noch Nummern, sondern führten als Kennzeichnung die Namen ihrer Kommandanten. Nur intern hießen sie *Monsun I, II, III, IV.*

Der Flottilleningenieur wandte sich an Korvettenkapitän Lorenz und setzte höflicherweise seine Mütze gerade. Bevor er seine Einführung über den Bootstyp gab, kam erst ein Geständnis: »Vermutlich können wir den Auslauftermin nicht halten. Bei *Monsun III* haben wir Probleme mit der Backbord-E-Maschine.«

»Dachte, hier sei alles neu«, erwiderte Lorenz etwas ungehalten.

»Gerade weil alles neu ist, Herr Kapitän, da stellen sich dann immer die kleinen Baufehler heraus.«

»Sehen Sie zu, daß Sie das rasch in Ordnung bringen, Mann.«

Sie federten über die Stelling an Bord von *Monsun I*, das schon tief im schwarzöligen Wasser lag. Der Flottilleningenieur folgte Lorenz in sein Kommandantenschapp. Über die Pläne gebeugt, erwähnte er Einzelheiten und Besonderheiten des Typs. »Die neuen D-Boote sind zuverlässige und bewährte Konstruktionen«, führte er aus. »Jetzt, mit den neuen Schnorcheln, so gut wie unsichtbar. Sie können tage-, ja auch wochenlang damit unter Wasser bleiben.«

»Solange die Mannschaft eben die ständig wechselnden Druckunterschiede aushält.«

Der Leitende, Leutnant Ing. Harms, kam hinzu. Als einzigen Wunsch hatte sich Lorenz bei Dönitz ausbedungen, daß er seine eingefahrene, kampferprobte Mannschaft mitnehmen durfte. Dazu gehörten auch die WO Luther und Trippel und als Navigator Obersteuermann Sawitzky, ein ruhiger Typ aus dem Ruhrpott, Nachkomme einer Generation polnischer Bergleute.

Der Flottilleningenieur gab eine kurze Erklärung zu den vorliegenden Plänen: »U-Boot ist U-Boot. Dieses ist ein bißchen länger, 88 Meter, etwas breiter, hat ungefähr 1800 Tonnen, taucht entsprechend langsamer. Von den Dieselmotoren leisten jeder 2200 PS und jede E-Maschine 500 PS. Die Geschwindigkeiten über und unter Wasser bleiben etwa gleich wie bei VII-C, nur der Fahrbereich ist mit 32000 Seemeilen viermal so lang. Insgesamt führen sie vierundzwanzig Torpedos einschließlich der Reserve-Aale mit. Die Anordnung der Messen und Schlafräume wurde etwas geändert, beim Schnorcheln jedoch gibt es eine kolossale Erneuerung. Der Luftmast wird nicht mehr vom Oberdeck hydraulisch hochgekippt, sondern aus- und eingefahren wie ein Sehrohr. Holländisches Patent namens Einrohrschnorchel.«

Sie gingen durch das Boot. Die Einweisung dauerte Stunden. Für den nächsten Tag ordnete Korvettenkapitän Lorenz die Belehrung der anderen drei Kommandanten Frey, Wuttig und Lutz an.

Es war schon dunkel, als man sich im Lagezimmer der Flottille traf. Lorenz begrüßte die Kommandanten, meistens junge Kapitänleutnante, per Handschlag, sprach kurz mit jedem über Kampferfahrung, Familie, Freunde und so und kam dann zur Sache.

»Wir bilden hier eine Halbflottille und bringen Fracht nach Japan. Unser Operationsgebiet ist der Indische Ozean.«

Bevor er an die große Seekarte trat, schaltete er den Scheinwerfer ein.

»Meine Herren, lassen Sie uns offen über die Probleme sprechen. Wir marschieren von hier in die Biskaya, ohne uns dort rudelmäßig zu treffen. Wir bleiben lediglich in Funkkontakt. Der Code-Ruf für alle ist ›Nusnom‹ – nicht sehr originell, schätze ich. Die Biskaya wie der Ostatlantik sind äußerst gefährdetes Gebiet und werden von den Küstenkommandos der alliierten Luftstreitkräfte stark kontrolliert. Sie werden also die meiste Zeit unter Wasser fahren, nur nachts aufgetaucht. Dabei wird es lange Schnorchelabschnitte geben. Mit vier bis fünf Wochen ist zu rechnen, bis wir Penang, die Insel vor Malakka, einen japanischer Stützpunkt, erreichen. Denken Sie immer an eines: Es gibt keinen Augenblick, in dem Sie außer Gefahr sind.« Mit einer Handbewegung umriß Lorenz das Seegebiet um die Kanarischen Inseln. »Wenn wir erst einmal hier sind, so ab 40 Grad West, dürften wir schon schlau geworden sein. Das darf aber nicht zu Leichtsinn verführen. Das Seegebiet westlich von Freetown Kapverdische Inseln war einmal unser besonders erfolgreiches Jagdgebiet. Hier ist das Netz der gegnerischen Luftüberwachung jetzt besonders dicht. Die britische Air Patrol hält ständig Flugzeuge in der Luft. Außerdem gibt es dort Flugzeugträger nahe der afrikanischen Küste. Wir müssen also möglichst schnell da durchrauschen. Es darf überhaupt nicht dazu kommen, daß ein Flugzeug Sie aufspürt. Also keine Ölspur hinterlassen, keinen Müll außenbords werfen. Hat man Sie erst, dann schnappt man Sie auch.«

Nach einem etwa einstündigen Vortrag ordnete Lorenz an, daß immer zwei Boote bei Dunkelheit durch die Hauptschleuse gehen sollten.

»Die endgültigen Auslaufbefehle erfolgen noch. Und noch etwas, meine Herren: Übernahme von Proviant und Tropenausrüstung bei Dunkelheit. Überall lauern Spione.«

Dezember 1943 PARIS

LETZTES RENDEZVOUS

Kaum war der Auslaufbefehl ergangen, meldete der FloIng. eines der Boote – das von Lutz – wegen der E-Maschine unklar. Lorenz wollte wissen, wie lange es dauern würde, bis das Boot endlich frontbereit sei.

»Drei Tage. Zweiundsiebzig Stunden, Herr Kapitän.«

Daraufhin versuchte Lorenz, mit seiner Frau zu telefonieren. Es wurde Mitternacht, bis das Gespräch mit Oberbayern zustande kam.

Trotz der späten Stunde klang Veras Stimme hell und klar. Sie war glücklich und sagte es auch. »Du bist eben mein Sunny-Star.«

Abrupt mußte er ihre Freude unterbrechen. »Komm nach Paris, Vera.«

»Wann?«

»Sofort. Die Papiere werden bei der Bahnhofskommandantur in Traunstein liegen. Gehen per Flottillenfernschreiber heute noch hinaus.«

Lorenz packte nur das Nötigste zusammen. Er holte seine Frau am Gare du Nord ab. Es war wie immer. Lange und innige Küsse. Blond, zart und schlank wie sie war, konnte er sie mit beiden Händen umfassen. Sie trug das Kostüm, das er so sehr an ihr liebte und das vermutlich die berühmte Coco Chanel entworfen hatte. Es war beige, mit Goldfäden durchwirkt und an den Kanten blau eingefaßt. Mit dem Taxi fuhren sie zum Hotel King

George V. In Eile machte sich Vera frisch. Sie wollten keine Stunde dieses Tages vertrödeln.

»Wie geht es Vater?« fragte Lorenz.

»Er reitet immer noch täglich, züchtet weiter seine Trakehner, jetzt eben bayerische. Manchmal ist er sogar tagelang fort, bei alten Freunden, bei einem Gutsnachbarn am Chiemsee. Das gefällt mir allerdings nicht sehr«, schränkte sie ein.

»Sie reden von besseren Zeiten, die alten Herren, von Elbing, von Ostpreußen.«

Leise antwortete Vera: »Einmal kam Besuch. Direkt aus Rußland, in einem ziemlich verdreckten VW-Schwimmkübel. Ein Oberst mit Armprothese und Augenbinde. Stauffenberg oder so.«

»Graf von Stauffenberg«, verbesserte Lorenz.

»Manchmal habe ich das Gefühl, sie brüten etwas aus. Ich habe Angst, Pit.«

Lorenz lachte nur. »Ausbrüten? Was? Gegen wen? Preußen sind staatstreu.«

»Ja, für Preußen gilt das, aber nicht für die Braunen. Jetzt, seit man all diese Dinge erfährt, von den Greueln in den KZs, von den Massenerschießungen in Polen und Rußland.«

»Alles nur Gerüchte«, tat er ab. »Laß die alten Säcke. Vergiß es. Wir leben in einer großen Zeit.«

»Die kleinere ist mir lieber.«

»Am liebsten sind mir deine kleinen Brüste«, wechselte er das Thema.

Sie bummelten durch die Stadt, klapperten den ganzen Paris-Kitsch rauf und runter ab, fuhren zum Montmartre, tranken in einem Bistro Rotwein. Es gab sogar Käse dazu und frisches Baguette. Dann liefen sie vom Place du Tertre die Treppen abwärts am Moulin Rouge vorbei und auf dem Boulevard Clichy zur Place Pigalle. In einer Seitenstraße entdeckten sie ein Modegeschäft. Vera entflammte für ein Negligé aus lachsfarbener Naturseide, das Höschen mit weitem Bein, Hemdchen und Morgenmantel. Im Hotel probierte sie es gleich an. Indessen sprach Lorenz mit der Rezeption. Man hatte sogar noch eine Flasche Champagner für den Unterwasserhelden. Die leerten sie mit Genuß auf dem breiten Bett liegend und sprachen und redeten und küßten sich.

»Weißt du noch ...«

Es ging um den Offiziersball auf der Marineschule in Flensburg, als sie sich zum ersten Mal begegnet waren.

»Alle die feschen, blonden, blauäugigen ›Hallo-jetzt-komm-ich-Typen‹«, erinnerte sich Vera abfällig. »Und du standest dabei, ruhig, schüchtern, fast linkisch. Das hat mir an dir gefallen.«

»Und häßlich bin ich auch. Die Geiernase.«

»Ich finde sie schön. Du bist ein Kerl.«

»Und dann Venedig«, fuhr er an ihrer Stelle fort. »Mich traf beinahe der Schlag, als ich dich am Rialto sah, in dem zitronengelben Kleid, weißer Hut, weißer Gürtel, weiße Schuhe, hohe Absätze.«

Sie wollte etwas sagen, tat es aber nicht, schloß den Mund wieder. Nach einer Weile fragte er: »Was war noch?«

»Der Wein, die Mandolinen, der Sternenhimmel. Und was hatte ich für einen Zores, dich in mein Hotelzimmer zu kriegen.«

»Schließlich mußte ich um Mitternacht wieder an Bord unseres Kreuzers sein.«

»Und ich gab mir solche Mühe«, gestand sie. »Jetzt kann ich es dir ja beichten: daß wir uns trafen, war kein Zufall. Ich wußte, daß ihr zwei Tage in Venedig zu einem Flottenbesuch anlegen würdet und bin extra hingereist.«

»Du warst schon immer ein Biest«, sagte er, »ein grandioses.«

»Was ist ein Biest?«

»Biest ist lateinisch«, antwortete er, »und heißt Miststück.«

Sie küßten und umarmten sich. Dann war lange Zeit Stille. Und nur lustvolles Stöhnen.

Doch irgendwann erwachte sie wieder aus der Verzückung.

»Hast du aufgepaßt?«

»Warum? Ich bin ein Seemann auf Landurlaub. Und du bist meine Frau.«

Ganz leise, fast verlegen ergänzte sie: »Manchmal wäre ich gerne deine Hure.«

Am Abend gingen sie in den Marine-Offiziers-Club, aber da spielte eine französische Musette-Kapelle. Akkordeon und Schlagzeug. Das war nicht die Musik des jungen Paares. Sie liebten beide den Jazz und den Swing, obwohl diese bei den Machthabern verpönt waren. Am nächsten Morgen mußten sie sich schon wieder trennen. Ein grauer Tag, niedrige Wolken, nasse Trottoirs.

»Ich weiß, so kurz, das ist nicht gut, Liebling«, sagte er, »aber besser als gar nichts.«

»Es ist nicht nur nicht gut, sondern katastrophal«, antwortete sie mit Tränen in den Augen. »Pit, du wirst immer in meinem Herzen sein«, flüsterte sie.

»Und dein Kuß auf meinen Lippen«, ergänzte er.

Januar 1944

GENERALKURS OSTASIEN
ERSTE AUSFÄLLE
SCHNORCHELN
SELBSTMORD AUF RATEN

Das Auslaufen der Halbflottille Lorenz, bestehend aus vier IX-D2-U-Booten, verlief programmgemäß. Sie hatten die Biskaya noch nicht hinter sich, da meldete eines der Boote unter Kapitänleutnant Frey erneut Defekt an der E-Maschine.

»Die Wicklung schmort.«

Ein Boot mit unklarer E-Maschine würde diese Großunternehmung auf keinen Fall durchstehen. Lorenz funkte zurück: »Sie sind aus dem Verband entlassen. Kehren Sie zum Stützpunkt Lorient zurück. Viel Glück.«

Alles, was er seinen Kommandanten eingebleut hatte, beherzigte er für sich und sein Boot aufs Genaueste. Während sie aufgetaucht fuhren, ließ er doppelten Ausguck gehen, denn jetzt, nahe Ascension, querten sie das Gebiet der amerikanischen Hunter-Killer-Groups. Hier waren Fernboote schon mehrfach selbst bei Nacht überrascht worden und hatten sich nie mehr gemeldet.

Beim Frühstück in der Messe sagte Lorenz zu I WO Luther: »Wenn sie uns erst einmal aufgespürt haben, lassen sie uns nie mehr los. Erst verzichten sie auf einen Angriff, dann kommen sie überraschend nachts aus der Luft oder zur See und dreschen auf uns ein. Das Wetter spielt für sie keine Rolle. Sie haben Radar und sind völlig überraschend da. Ihre Maschinen greifen aus den Wolken oder aus der Sonne heraus an und ade, lieb Vaterland, dann geht es meist so schnell, daß man keinen Funkspruch mehr an den BdU absetzen kann.«

»Dann bleibt uns auch das Horst-Wessel-Lied erspart«, meinte LI Trippel spöttisch.

Mitte März stand *U-Monsun* Lorenz nördlich des Äquators, gefährlich nahe den Luftstützpunkten des Gegners an der afrikanischen Küste. Es war ein heißer Tag. Seit einer Stunde fuhren sie aufgetaucht unter einem Himmel, der wie Feuer war. Bevor sie wieder auf Tiefe gingen, meldete der Horchraum ein merkwürdiges Geräusch: »Bombenangriff auf ein Objekt, aber keine Wasserbomben, sondern Flugzeugbomben, Herr Kapitän.«

Die Entfernung betrug etwa fünfzehn Meilen und kam aus der Richtung, in der *Monsun II* stand. Zur vereinbarten Funkzeit in der Nacht hörten sie nichts mehr von dem Boot *Lutz*.

»Verdammt, Lutz hat es erwischt«, fürchtete der Zweite Wachoffizier, und der Kommandant nahm einen entsprechenden Eintrag im Kriegstagebuch vor.

In den Nachtstunden fuhr Lorenz stets einige Stunden aufgetaucht, um schneller durch die tropische Zone zu kommen. Tagsüber war die Hitze im Boot unerträglich und kletterte bis fünfzig Grad. Auch die Kühle der Nacht änderte wenig daran. Die Besatzung fand kaum Schlaf. Im Dunklen, wenn sie über Wasser marschierten, gingen sie mit Doppelwache auf Gefechtsstation.

Einmal herrschte der I WO einen Maschinisten mit Matratze unterm Arm an. »Was treiben Sie an Deck?«

»Ich versuche zu schlafen, Herr Oberleutnant.«

»Und wenn wir alarmtauchen müssen?«

Der Maschinenobergefreite antwortete nicht, sondern stieg wieder nach unten in die heiße, lärmende Hölle.

Die See lag da wie Blei. Das Klatschen der Wellen gegen den Schiffsrumpf klang träge und monoton. Auf der Brücke sprach kaum jemand ein Wort, um keine Kraft zu vergeuden. Jeder Ausguck beobachtete angespannt, mit der Erschöpfung kämpfend, seinen Sektor. In der Morgendämmerung entdeckte der Achterausguck an Steuerbord eine Rauchfahne. Im Nu war der Kommandant oben, verfolgte den Gegner, wie er langsam aus dem Horizont herauswuchs.

»Tanker«, vermutete Lorenz. »Wenn wir den jetzt hochnehmen, dann jagen sie uns wie eine Meute räudiger Hunde. Das werden wir hübsch sein lassen.«

Lorenz mußte seinen Jagdinstinkt der Vernunft unterordnen. Es wäre die erste Versenkung bei dieser Operation gewesen. Aber damit wäre er ein hohes Risiko eingegangen. Es nahm ihn so mit, daß er einen Schweißausbruch erlebte. Das Tropenhemd klebte an seinem Körper, als hätte er unter der Dusche gestanden. Er ließ die Bugtorpedorohre laden. Der I WO meldete Schußbereitschaft.

Mit großer Fahrt setzte Lorenz sein Boot vor den Kurs des Gegners. Langsam wurde der Schatten des Frachters hinter der Stricheinteilung der Zieloptik deutlicher. Sie erreichten Schußdistanz, jeder wartete darauf, daß der Kommandant den Befehl »Rohr eins und zwei los ...« gab, doch der Befehl kam nicht.

»Alarm Flugzeug!«

Die Verzögerung rettete ihnen möglicherweise das Leben.

Der Ausguck für die Sektion achteraus schrie erneut: »Zwei Flugzeuge! In siebzehn Uhr Tiefflieger.«

In der letzten Woche waren sie nur einmal Patrouillenmaschinen begegnet, und ausgerechnet jetzt kamen sie daher. Doch dankbar fühlte Lorenz, wie ihm das Schicksal die Entscheidung aus der Hand genommen hatte.

»Tauchen«, befahl er. »Los, Leute, Beeilung, einsteigen. Wir müssen auf Tiefe sein, ehe sie uns geortet haben.«

Das Boot schnitt unter und war auf zwanzig Meter, ehe die Patrouille herandonnerte. Dann wurde es still, vermutlich hatte sie abgedreht. Jedenfalls fiel keine Bombe.

Die Männer schienen erleichtert, doch der Kommandant blieb sachlich: »Man kann uns gesehen haben oder nicht. Hier existiert nur eine Regel: Es gibt keine Regeln.«

Kurs Indischer Ozean. *U-Monsun* legte täglich etwa 350 Seemeilen zurück. Es blieb auf Südkurs. In der Weite des Südatlantiks geriet es allmählich aus dem Bereich der Luftpatrouillen. Die U-Boote umrundeten das Kap der Guten Hoffnung im April mit höflicher Distanz, gingen von dort erst auf Ostkurs, dann bei den Crozet-Inseln auf Kurs 50 Grad Richtung Indischer Ozean. Bald überquerten sie den Südlichen Wendekreis. Weit in der Ferne im Westen lag Australien. Sie mußten aber in Richtung Golf von Bengalen nach Japan. Je näher sie wieder dem Äquator kamen, desto unerträglicher wurde die Hitze. Mit dem noch verbleibenden Boot des Kapitänleutnants Wuttig blieben sie in loser Funkfühlung.

Wuttig meldete über »Nusnom«, daß er ein Geleit gesichtet hatte, einen Konvoi mit Kurs Singapore.

»Ich greife an.«

Wuttig hatte den genauen Standort des Konvois durchgegeben. Lorenz und sein Obersteuermann berechneten, daß sie mit zehn Stunden AK-Fahrt ebenfalls den Konvoi erreichen würden.

»Fette Beute, Herr Kapitän.«

»Daß wir hier den Nachschub aufmischen, dazu sind wir da«, bemerkte Lorenz einsilbig und ließ den Kurs absetzen.

Zwischendurch kam ein neuer Funkspruch von Wuttig. »Vorsicht. Achtung, Geleitzug ist stark gesichert.«

»Na, dann auf ihn mit Gebrüll«, meinte der II WO.

»Nein, besser auf Samtpfoten.«

Lorenz leitete den Endanlauf für den Angriff. Er blieb jede Sekunde am Sehrohr. »Wir müssen Wuttig helfen«, murmelte er. »Die Bewacher ablenken.«

Der Obersteuermann, ein Altgedienter, der seinem losen Mundwerk gern freien Lauf ließ, rief: »Eine Tafel Schokolade für den Chef!«

Es war eine von des Korvettenkapitäns Angewohnheiten, wenn es in den Kampf ging, sei es am Sehrohr oder am Brücken-Zielgerät, seine Schokacolaration zu kauen. Die runde Packung wurde in die Zentrale gereicht, der Obersteuermann öffnete sie, Lorenz riß mit den Zähnen die Zellophanhülle von der runden Schokoladenscheibe, die auch Koffein und andere Bestandteile enthielt. Vielleicht etwas Pervitin.

Das Boot steuerte auf Sehrohrtiefe. Lorenz fuhr das Periskop immer wieder hoch und zurück. Wie es aussah, hatten sich die Bewacher an Wuttigs Boot festgebissen. Sie umkreisten mit drei Meilen Distanz in hoher Fahrt offenbar einen Punkt. Dabei warfen sie an Wasserbomben, was sie hatten. Eine Detonation nach der anderen wellte heran. Wie mochte es jetzt bei Wuttig aussehen? Beschissen vermutlich. Lorenz kannte Kapitänleutnant Wuttig nicht besonders gut, aber der Obersteuermann war schon einmal mit ihm gefahren.

»Ich weiß nicht«, sagte Sawitzky, »der Kapitänleutnant Wuttig steht immer irgendwie am falschen Ende.«

Die Detonationen der Wasserbomben kamen näher, und plötzlich gab es eine gewaltige Explosion. Die Männer in der Zentrale von *U-Monsun* blickten sich an, und der Zentralemaat sprach aus, was alle dachten: »Jetzt hat es ihn zerbröselt.«

»Vermutlich versenkt«, ergänzte Lorenz und wandte sich an den I WO. »Nehmen Sie entsprechenden Eintrag im Kriegstagebuch vor. Datum, Uhrzeit, Position.«

Keine Sekunde zu spät stand er wieder am Sehrohr, beobachtete, wie sich die Zerstörer von der Jagd nach dem feindlichen U-Boot lösten und einer auf sie zuraste. Er kam in weitem Bogen von achtern.

Lorenz drehte das Boot um 20 Grad und befahl: »Klarmachen zum Heckschuß.«

Wenig später erschien der Torpedomixer und meldete, daß das Rohr klar sei. Er hatte die Augen halb geschlossen und mußte sich festhalten.

Der Zentralemaat bemerkte abfällig: »Kaum drei Tage ohne Schlaf, und schon kippt er um.«

Lorenz ließ den Zerstörer noch etwas näher kommen, bis auf günstigste Entfernung für den Magnettorpedo mit dem selbstsuchenden Kopf. Das kostete Nerven. Ruhig befahl er: »Torpedo los!«

Der Obersteuermann drückte die Stoppuhr und meinte leise: »Rache ist Blutwurst.«

Die Stoppuhr tickte. Doch als die Zeit um war, wußten die Männer, daß der Torpedo nicht getroffen hatte. Die Zerstörerleute mußten die Laufbahn gesehen haben und rasten nun direkt auf sie zu. Immer noch scheinbar beherrscht, ließ Lorenz auf 70 Meter gehen.

»Hart Backbord ... Beide E-Maschinen volle Kraft voraus.«

Er sagte dies in aller Ruhe, denn er war sicher, daß der Zerstörer bereits alle seine Wasserbomben geworfen hatte. Der Zerstörer blieb aber nahe dran, und es kam noch ein weiterer hinzu. Aber Lorenz kurvte sie aus, und dann war auch die Tafel Schokacola gegessen. Die Dunkelheit kam früh herein. Lorenz ging wieder auf den alten Kurs.

März 1944

SCHLITZAUGE SEI WACHSAM
TAUSCHGESCHÄFTE
MEHR REIS ALS TORPEDOS

Mitte April erreichten sie den japanischen Stützpunkt Penang auf einer Malaysia vorgelagerten Insel an der Malakka-Straße. Sie übergaben ihre Fracht, die BMW-Turbinentriebwerke, einem Schnellfrachter der Verbündeten, nahmen soweit möglich Proviant auf, viel Frischobst, und bunkerten die Tanks mit Dieseltreibstoff randvoll.

Korvettenkapitän Lorenz forderte von der Maschine den Klarstand ab, doch der Leitende meldete, daß eine der Abgasleitungen vom Backborddiesel zum Schnorchel undicht sei und sich der Riß immer weiter vergrößere. Der Diesel hatte schon während der letzten Tage immer seine Gase in den Maschinenraum geblasen, so daß die Männer stundenlang unter Tauchrettern hatten arbeiten müssen. Mit geschwärzten Gesichtern sahen sie aus wie Schornsteinfeger.

»Mit Schweißen geht da nichts.«

»Und mit Blechpflaster?«

»Mit Bordmitteln keine Chance«, fürchtete der LI. »Das Ersatzteil paßt am Flansch auch nicht. Ich muß versuchen, in der Werft das Teil nachzufertigen.«

Dieses mißlang, denn die Japaner verfügten nicht über den nötigen hochwarmfesten Stahl. In den nächsten achtundvierzig Stunden lief ein weiteres *Monsun*-Boot, aus der Südsee kommend, in Penang ein. Sie hatten zwar ein passendes Abgasrohr, aber keine Torpedos mehr.

Lorenz schlug ein Tauschgeschäft vor: »Ihren Abgaskrümmer gegen Aale.«

Der Kommandant des anderen *Monsun*-Bootes pokerte hoch: »Fünf Torpedos gegen das Ersatzteil.«

»Das ist wie Torte gegen Schiffszwieback.«

»Wer hat, der hat.«

»Drei Torpedos«, war Lorenz bereit zu übergeben. »Notfalls machen wir das über den BdU und Funkbefehl.«

Mit Erpressung lief es dann. Doch bis die Maschine klar war, vergingen einige Tage. Lorenz hörte das Gespräch zwischen einem Bootsmann und dem Funkobermaat.

»Mann, drei Monate auf See. Gibt's hier keinen Puff?«

»Geishas, wie wär's mit Geishas?«

Der I WO klärte sie auf: »Geishas sind Damen für kultivierte Teezeremonien, meine Herrn.«

»Dachte, das seien Nutten zum Nageln.«

»Das schon, aber erst nach drei Stunden kultivierter Teezeremonie. Und dann nur für Yen-Millionäre oder Grafen.«

»Naja, irgendwann, in einem Vierteljahr, sind wir vielleicht wieder zu Hause.«

»Optimismus ist hier Blödheit, Mann.«

Am nächsten Tag erschien der Militärattaché der deutschen Botschaft an Bord und forderte von Korvettenkapitän Lorenz das Kriegstagebuch.

Dieser weigerte sich jedoch, es herauszugeben.

»Das ist unsere Geburtsurkunde und unser Lebenslauf«, beharrte er.

»Ich habe es hier fernschriftlich«, erklärte der Zivilist. »Tut mir leid, Käpt'n.«

Lorenz zögerte es hinaus. »Dazu brauche ich einen Geheimbefehl des Befehlshabers der U-Boote.«

Was Lorenz nicht erwartet hatte – der Geheimbefehl kam tatsächlich über Funk, und er fragte sich, was das zu bedeuten habe. Wollte man ihm irgendeinen Fehler in der Führung der Halbflottille nachweisen? Oder ging es um einen weiteren Einsatz, bei dem es zu vermeiden galt, daß das KTB eventuell dem Gegner in die Hände fiel?

Und prompt kam es auch so. Das Boot erhielt die Geheimorder »Freie Jagd im Pazifik auf amerikanische Flotteneinheiten«. Die Enttäuschung unter der Besatzung war dementsprechend.

Am Abend kam der Kommandant von der großen Funkstation der Japaner zurück und befahl nur kurz angebunden: »Leinen los. Ich bin an Bord.«

Juni 1944

Der Experte
Nieten oder Schweissen
Oder in Schönheit sterben

Der Bau des Schwesterschiffes *Patria II* auf der schwedischen Werft in Göteborg verlief nicht planmäßig. Gelegentlich der täglichen Besprechung nahm der Werftdirektor den Kapitänleutnant Ing. Markus Hummer beiseite.

»Sie sind doch der Controller«, begann der Chefingenieur der Kverness-Werft.

»Zu deutsch Überwachungsoffizier«, übersetzte der Kapitänleutnant/Ing., obwohl sie sich beide in Englisch unterhielten.

Der Schwede sprach kein Deutsch und Hummer kein Schwedisch.

Der Schwede fuhr fort, so gut es eben ging: »Das bedeutet, Sie sind für mich der einzige kompetente Mann, was dieses Schiff betrifft. Aus Berlin schaut bestenfalls alle drei Monate mal einer von diesen – pardon – Nazibonzen vorbei.«

»Und was gibt es heute schon wieder?« wollte Kapitänleutnant Hummer wissen, denn wenn ihn der Schwede beiseite nahm, hing mindestens Ärger in der Luft.

Erst atmete der knochengesichtige blonde Schwede tief ein. »Der Auftrag aus Berlin lautet, nach den vorgelegten Plänen ein Passagierschiff von 17000 Tonnen herzustellen. Ich dachte immer, es handele sich um ein Schwesterschiff der *Patria*, denn die Baupläne sind ja Blaupausen der Original *Patria*-Zeichnungen.«

»Richtig, Kollege«, bestätigte Hummer und wollte weitergehen. Schon lange fiel ihm der Schwede mit seinen täglichen Problemen auf die Nerven. Wer stand eigentlich im Krieg mit der halben Welt? Doch nicht diese Weicheier aus Stockholm.

Nach ein paar Schritten hielt ihn den Schwede am Ellbogen fest.

»Die *Patria*-Pläne sehen Kabinen für dreihundertfünfzig Passagiere vor. Einhundertfünfundachtzig in der ersten Klasse, einhundertvierundsechzig in der zweiten und dann noch die Touristenklasse. Und damit fängt es schon einmal an. Sie haben auf insgesamt zweihundert Kabinen reduziert. Das weicht von den Bauplänen ab.«

Das war nicht der erste Einwand dieser Art.

Wie meistens antwortete der deutsche Werftspezialist: »Wir haben nicht so viele Devisen, um das Schiff luxuriös auszustatten.«

»Dafür erhöhen Sie die Größe der Vorratsräume für Lebensmittel um sechzig Prozent, die Kühlung um fünfzig Prozent und die Kapazität der Treibstoffbunker um hundert Prozent!«

Hummer steckte sich eine Zigarette an, um Zeit zu gewinnen. »Na, und«, erwiderte er dann, »das verbilligt den Bau.«

»Aber doch wohl nicht im Sinne eines Lazarettschiffes. Die Krankenstation wird ja nur mit dem Allernötigsten ausgestattet. Kein Operationssaal oder ähnliches sind vorgesehen. Das Schiff könnte, ohne einen Hafen anzulaufen, die Welt umrunden. Und wer, bitte, soll da mitfahren?«

Davon hatte auch Markus Hummer nur vage Vorstellungen und antwortete dementsprechend schlicht: »Passagiere.«

»Passagiere welcher Art?«

»Was kümmert Sie das, Herr Kollege?« Allmählich hatte Hummer Diskussionen dieser Art satt. Der Bau hinkte hinter den Terminen mindestens einen Monat her, und ihn würde man dafür verantwortlich machen. Er wechselte das Thema.

»Wurden die Ratenzahlungen etwa nicht pünktlich überwiesen, Sven?«

»Dann hätten wir den Bau sofort eingestellt«, erwiderte der Schwede.

Jetzt wurde Hummer echt ärgerlich. »Warum, zum Teufel, dann diese Verzögerungen? Sie haben doch keine Materialprobleme. Streiks gibt es unter ihren Werftarbeitern auch nicht.«

Der Schwede leierte die üblichen Beschwerden herunter: »Aus Ersparnisgründen lassen Sie alle Komponenten aus Deutschland kommen. Die Ruderanlage, sämtliche Pumpen, Navigations- und Funksysteme, sogar die Anker. Trauen Sie etwa schwedischer Technik nicht?«

»Nein«, fertigte ihn Hummer ab, der wußte, worum es in Wirklichkeit ging. Er hatte den Auftrag, das Schiff zum größten Teil mit zugelieferten deutschen Teilen bauen zu lassen, selbst wenn diese aus dem norddeutschen Raum per Bahn, Lastwagen oder Schiff erst tausend Kilometer nach Norden gebracht werden mußten. Hummer wollte das Gespräch beenden und traf mit seiner Frage den Schweden an seiner empfindlichsten Stelle. »Also, wann ist das Schiff fertig? Der Stapellauf fand schon vor fünf Monaten statt.«

Beide wußten sie genau, warum es nicht weiterging, doch der Schwede bat den Deutschen ans Dock und nach oben auf die Montagebrücke, von wo aus man den ganzen Neubau überblicken konnte. Mit weit ausholender

Armbewegung nahm er den Anlauf für eine Generalentschuldigung. »Eine der Schiffsschrauben durften wir ja noch beisteuern, vermutlich, weil Ihrer Kriegsindustrie das Messing dafür ausgegangen ist. Aber bitte ...« Der Schwede deutete auf eine Öffnung am Hauptdeck, etwas achterlicher als mittschiffs der *Patria*, mindestens zwanzig Meter lang und zehn Meter breit. Es war das Loch, das man für den Einbau der Maschinenanlage hatte freilassen müssen. »Wann kommen endlich die Motoren, Herr Kapitänleutnant?«

»Sie sind unterwegs.«

»Die sind schon seit einem Monat unterwegs. So stürmisch ist das Wetter in der Nordsee auch nicht, ebensowenig wie die winterlichen Schneeverwehungen der Eisenbahnlinie.«

Hier mußte der sonst markige Kapitänleutnant Hummer tatsächlich passen. Erhärtend fügte der Schwede noch hinzu: »Die Bauverzögerung ist ausschließlich auf das Fehlen der Maschinenanlage zurückzuführen.«

»Ich kümmere mich darum«, versprach der Ingenieuroffizier der deutschen Kriegsmarine Markus Hummer. Er wandte sich zum Gehen.

Der Schwede rief ihm hinterher: »Sollen wir den Haupttrinkwassertank nun schweißen oder nieten?«

»Ach, meinetwegen verkleben Sie ihn mit Mehlkleister!«

Eines war Kapitänleutnant Hummer an diesem verregneten Tag an der schwedischen Ostseeküste klar: Er mußte auf schnellstem Weg nach Süddeutschland, denn letzten Endes ging es um seinen Kopf, wenn das Schiff nicht spätestens im Februar seine Probefahrt absolviert hatte.

Markus Hummer, ein umgänglicher Mensch, hatte einen

guten Draht zu den Offizieren der Luftwaffe im besetzten Norwegen und sich oft mit Mangelware aus Schweden versorgt. Er telefonierte herum, sprach mit den Geschwaderkommodores und Gruppenführern der Transportstaffeln. Man konnte oder wollte ihm aber keinen Platz zum Mitfliegen zur Verfügung stellen.

»Ich muß dringend nach Augsburg zu MAN. Sie holen doch beinahe täglich Maschinen oder Ersatzteile bei den Messerschmittwerken ab.«

Sie redeten sich hinaus. »In einen Me-109-Jäger paßt nur der Pilot.«

»Wie wär's mit einem freien Beobachterplatz in der Me-110, der 210 oder wie diese Dinger numeriert sind?«

»Alles auf Wochen hinaus disponiert«, hieß es.

Markus Hummer, der allmählich fühlte, daß es bei ihm um Kopf und Kragen ging, konnte jetzt nur noch mit Hilfe aus Berlin rechnen. Er war kein Mann, der Kameraden denunzierte, aber er setzte das Gestapo-Hauptquartier unter Druck, daß das Geheimprojekt P II nicht fertigzustellen sei, wenn er nicht eine sofortige Flugverbindung von Oslo nach München bekäme. Einer der SS-Chefs, der wußte, was auf dem Spiel stand, versprach, den Verantwortlichen der Luftwaffe in Norwegen in den Hintern zu treten. Vierundzwanzig Stunden später stellte der verantwortliche Luftwaffengeneral in Oslo Hummer sein privates Verbindungsflugzeug, einen Fieseler Storch, zur Verfügung.

»Sie können sofort starten, Hummer«, sagte er in herablassender Gnade.

Noch am Abend fuhr Hummer mit seinem marineblauen VW-Geländekübel nach Oslo. Im Morgengrauen startete das zweisitzige Kurierflugzeug trotz dichten Nebels. Obwohl man von der Kabine aus kaum die Flügelspitzen sah, brachte der Pilot die Einmotorige vom Boden in die Luft. Gleich ging es hinaus auf See und mit Südkurs Richtung Kattegat.

»Über dem Meer gibt es zum Glück keine Berge, gegen die man rasen kann«, rief der Pilot über Bordsprechanlage, »aber in Kopenhagen müssen wir runter zum Tanken.«

Sie mußten auch noch in Hannover tanken und auf einem Jägerflugplatz in Roth bei Nürnberg, denn der Storch hatte nur eine begrenzte Reichweite. Dann aber brachte der Pilot freundlicherweise seinen Marinekameraden direkt nach Augsburg. Hummer war angemeldet. Ein Mercedes der Maschinenfabrik holte ihn auf dem Feldflugplatz ab. Hummer, ziemlich fertig von dem ständigen Ärger und übermüdet, nahm noch zwei Becher heißen Kaffee aus der Thermos, in Schweden gebrüht aus echten Sumatra-Bohnen. Danach fühlte er sich wach für die Verhandlungen mit den widerspenstigen Motorenherstellern.

Sie hatten einen Konferenzraum im zweiten Stock des Verwaltungsgebäudes hergerichtet. Man hatte einen weiten Blick über die zum Teil beschädigten Fabrikhallen. In den Shetdächern fehlten die Glasscheiben. Versammelt waren acht Personen. Produktionsleiter, Ingenieure, Disponenten. Es stand sieben zu eins gegen Hummer.

Hummer faßte sein Anliegen kurz: »Ich habe fünf Achtzylinder einfachwirkende MAN-Dieselmotoren mit einer Leistung von je 3000 PS sowie einen Sechszylinder Dieselmotor mit einer Leistung von 1900 PS von Ihnen zu kriegen. Der Auftrag wurde bereits vor einem Jahr erteilt. Mit höchster Dringlichkeit und Materialzuteilung. Sie haben den Termin nicht gehalten, sondern schamlos überzogen.«

Die eintretende Stille wurde vom Einwand des Werksdirektors unterbrochen.

»Weil wir Krieg haben«, bemerkte er, »falls man das in Berlin noch nicht bemerkt haben sollte.«

Ein anderer Krawattenträger kam den Kollegen zu Hilfe. »Ihr Auftrag hat Dringlichkeitsstufe I, aber unsere U-Boot-Motoren haben Dringlichkeitsstufe IA. Die Boote in Kiel und Hamburg sind halb fertig, können aber nicht an die Front, weil die Motoren fehlen.«

Obwohl Hummer dies alles für Ausreden hielt, hatte er doch das Gefühl, daß hier irgend etwas nicht stimmte. Natürlich hatte der Bau von Front-U-Booten Vorrang, doch die fuhren – pragmatisch gesehen – nur hinaus, um dann reihenweise im Atlantik versenkt zu werden.

Irgendwie schien bei der Anforderung der *Patria*-Motoren ein Fehler unterlaufen zu sein. Das gab er nicht zu, bat nur, telefonieren zu dürfen. Von der Zentrale ließ er ein Blitzgespräch mit der Gestapo-Zentrale in Berlin anmelden, direkt mit dem Reichsführer SS persönlich. Das Gespräch kam zustande. Hummer erklärte mit wenigen Worten sein Problem.

»MAN liefert die *Patria*-Motoren nicht, weil U-Boot-Antriebe eine höhere Dringlichkeitsstufe besitzen. Aber die könnte man angesichts der gegenwärtigen Verluste ja gleich direkt in die Nordsee schmeißen.«

»Geben Sie mir mal den Rüstungskommissar der MAN«, forderte der Gestapo-Chef.

Hummer reichte den Telefonhörer weiter. Er hörte den Mann in Berlin brüllen und sah, wie der Verantwortliche von MAN blasser und kleiner wurde. Ungefähr konnte er sich vorstellen, welche Worte hier fielen. Drohungen dieser Art, mit Sabotageprozeß, Konzentrationslager,

Todesstrafe und Sippenhaft hatte er selbst schon anhören müssen.

Schweißnaß legte der Werksdirektor schließlich den Hörer auf die Gabel. Offensichtlich nicht schweren Herzens, sondern im Kommandoton eines preußischen Oberfeldwebels ordnete er an, daß die gesamte Produktion, soweit sie nicht die Ausstattung des *Patria*-Neubaus in Göteborg betraf, zu stoppen sei.

»Bis wann gehen die Motoren raus?« wollte Hummer wissen.

Die Verantwortlichen steckten die Köpfe zusammen, betätigten Rechenschieber, und dann hieß es: »Drei Wochen müssen Sie uns noch Zeit lassen. Wir nehmen die Motoren aus der Serie und werden sie sofort nach Fertigstellung verladen.«

»Mit der Bahn dauert das zu lange.«

»Für Lastwagen sind die Gewichte zu hoch.«

»Dann organisieren Sie eben Tieflader oder liefern Sie in Teilen.«

Hummer ließ von einer Sekretärin ein entsprechendes Schriftstück aufsetzen und von den Motorenbauern unterzeichnen. Zum Glück gab es dann Fliegeralarm, so daß die MAN-Leute keinen Rückzieher mehr versuchen konnten.

Noch am Nachmittag flog Hummer weiter nach Berlin zur Firma AEG, wo die sechs Drehstrom-Synchron-Generatoren für die *Patria* gewickelt wurden. Was er dort hörte, war immerhin eine erfreuliche Nachricht. Es hieß, die ganze Elektronik, auch die zwei Propeller-Motoren, seien bereits per Küstenmotorschiff unterwegs nach Göteborg.

April/Mai 1944

ENDLOSER PAZIFIK
DAS GRAUEN DER ABSOLUTEN LEERE
EIN SCHIFF WIE EIN GEBIRGE

U-Monsun ging in See und mogelte sich aus dem Golf von Bengalen zwischen den Inseln Indonesiens, Sumatra und Java hindurch Richtung Pazifik.

Wieder begannen die Tage der betäubenden Äquatorhitze. Die Männer sahen ringsum, in der unendlichen Weite, nicht ein Schiff. Immer wieder KTB-Eintrag: »Keine Begegnung.« Die Niedergeschlagenheit bei der Besatzung führte zu Krankheiten und diese wiederum zu Anfällen von Verzweiflung. Rasch waren die Frischobstvorräte aufgebraucht. Es gab auch keine Zitronen mehr. Skorbut drohte.

Auf 160 West ließ Lorenz eine Insel der Marianengruppe nördlich Guam anlaufen und versorgte sich auf dem Eiland mit Frischwasser, Kokosnüssen und Brotfrüchten, jenem Gewächs, für das vor Hunderten von Jahren die *Bounty* unterwegs gewesen war, weil die britische Admiralität die Brotfrucht als billige Versorgung für die Besatzungen der Segelschiffe einführen wollte. Wieder auf See, in der zermürbenden Leere des Pazifiks, war Lorenz schon nahe dem Zweifel, jemals wieder ein Schiff zu sichten. Zwar hörten sie laufend den Funk ab, doch den der Japaner verstanden sie nicht, und die Amerikaner sprachen über ihre Schiffbewegungen streng codiert in einem Indianerdialekt.

Lorenz überlegte sich alle Tricks, kreuzte in langen

Suchzacken und wandte sich schließlich an den I WO: »Jetzt kommen wir nur noch mit Bescheißen weiter. Ob das taktisch klug ist oder dumm, interessiert mich einen Dreck.«

Sie kippten ihren ganzen Abfall über Bord, hofften, daß er gesichtet würde und sie so einer neugierigen amerikanischen Seepatrouille begegneten.

»Und wenn wir einen haben, dann volles Rohr«, äußerte der I WO verbissen.

Lorenz bremste seinen jugendlichen Schneid. »Sie sollten nicht überlegen, was wir tun sollen, wenn wir einen haben, sondern was wir tun sollen, um ihn endlich zu finden.«

In der Nacht hörten sie auf Kurzwelle eine Sondermeldung, die sie elektrisierte und aus ihrer Lethargie riß. Der deutsche Richtfunksender gab durch, daß die erwartete Invasion der Alliierten in den Morgenstunden des 6. Juni begonnen habe. Der Feind sei mit starken Kräften an der Küste der Normandie gelandet. Schwere Abwehrkämpfe hielten an.

»Die schmeißen wir rückwärts ins Meer zurück«, bemerkte der Zentralemaat forsch.

»Oder die uns rückwärts ins Grab«, ergänzte der Obersteuermann, woraufhin der Kommandant erklärte: »Mißtrauen Sie etwa der Tapferkeit unserer Armee, Sawitzky, dem Geschick Marschall Rommels oder dem Genie des Führers?«

»Natürlich nie und nimmer«, riß sich der Obersteuermann zusammen.

Bei Gelegenheit wandte sich Lorenz leise an ihn: »Passen Sie auf, was Sie sagen, Obersteuermann. Klingt ein bißchen nach Defäitismus.«

Es wurde immer heißer. Die Nächte brachten auch keine Abkühlung.

»Mit dieser Sonne kannst du im Januar Berlin heizen«, schätzte der Leitende in der Offiziersmesse.

Keiner hatte noch eine Spur von Hunger. Und dann kam endlich doch die Stunde, in welcher der Obersteuermann die Minuspunkte, die er bei Lorenz gesammelt hatte, wieder ausglich. Auf seiner Wache wurde am Westhorizont ein Objekt gesichtet. Lorenz vermutete, daß das Schiff auf der Spur des U-Boot-Abfalls sei, und ließ sofort tauchen. Je näher sie dem Objekt kamen, desto höher wuchs es wolkenkratzerhaft heraus. Es bewegte sich auf dem Wasser wie ein schwimmender T-Träger, unten schmal, oben geradlinig waagerecht breit. Die ganze Kommandoeinheit mit Turm und Brücke lag an Steuerbordseite.

»Und keine Kanonen«, sagte Lorenz. »Ein absoluter Riesenotto, ein Flugzeugträger. Schätze mindestens 40 000 Tonnen.«

Lorenz setzte sich ein Stück von dem Träger ab, ließ dessen Kurs ermitteln, um sich bei Dunkelheit mit Dieseln an ihn heranzuarbeiten. Es wurde rasch Nacht in diesem tropischen Bereich. Mit seinen Wachoffizieren besprach Lorenz die Lage. »Das Ding ist zum Fürchten, aber so was kommt uns nie mehr vor die Rohre.«

»Damit verraten wir uns«, bemerkte der vorsichtige II WO. »Es gibt da einen wunderbaren Klausewitz-Ratschlag: Lieber fünf Minuten feige als ein ganzes Leben tot.«

Mit versteinertem Gesichtsausdruck mißbilligte Lorenz diese Äußerung. »Wir sind hier, um zu kämpfen, dem Feind Verluste zuzufügen. Denken Sie an unsere Kameraden am Ärmelkanal. Auch bei denen geht es nicht um Leben oder Tod, sondern um alles oder nichts.«

Es dunkelte. Eine sternenklare Nacht ohne Mond. Auf vier Meilen Entfernung war der Träger Grau in Schwarz, aber deutlich zu erkennen. Mit beiden Dieseln große Fahrt setzte sich Lorenz vor dessen Kurs und gab alle Werte in den Schußrechner.

»Entfernung 3000, Gegnerfahrt 22 Knoten, Lage laufend. Klarmachen zum Überwasserschuß ... Viererfächer ... Torpedoeinstellung kurze Distanz ... Tiefe drei Meter.«

Er wartete nervtötende Minuten lang, bis der Gegner in das Schußkreuz einlief, dann gab er die Torpedos frei.

»Schokolade für den Chef!« rief Sawitzky.

»Rohr eins, zwo.« Dann nach einigen Sekunden: »Rohr drei und vier los.«

Das Boot hüpfte geradezu erleichtert.

»Zwotausend zufluten.«

Dann ließ Lorenz tauchen. Vermutlich hielten sich mit Abstand mehrere Bewacher des Flugzeugträgers auf.

»Den kriegen wir«, sagte der I WO. »Den haben wir schon.«

»Wenn die Torpedos hinhauen.«

In dieser Nacht hatte *U-Monsun* Jagdglück. Kaum zeigten die Stoppuhren die vorausberechnete Laufzeit an, erfolgten vier Detonationen, die das Boot erschütterten, und dann noch eine ganz gewaltige, die sie packte und schüttelte wie eine Faust.

»Das waren die Treibstoffbunker und die Munitionslasten des Trägers.«

Lorenz nahm noch einen Sehrohrrundblick. In etwa 340 Grad blowte am Horizont ein riesiger Feuerball.

»Schützenfest«, sagte der II WO.

»Auf siebzig Meter gehen«, befahl Lorenz und zerkaute das letzte Stück der Schokolade. Dem I WO diktierte er den Eintrag ins Kriegstagebuch: »Uhrzeit 22.45 Uhr, US-Träger versenkt, vermutlich Saratoga oder Minnessota Typ. Lassen Sie sich vom Obersteuermann die genauen Koordinaten geben.« Und leise fügte er noch hinzu: »Und jetzt schnell weg vom Acker.«

Daß diese Amerikaner, die in den Weiten des Pazifiks herumgurkten, als gehöre er ihnen und als gäbe es keinen Krieg, daß die ihn jetzt mit allem, was sie hatten, nicht nur jagen, sondern hetzen würden, das stand für Lorenz außer Zweifel.

Der Funk und der Sprechfunk der Amerikaner wurde hektisch.

»Jetzt geht es rund«, fürchtete Lorenz.

Aber bis es soweit war, würden wohl noch einige Stunden vergehen. Er zog sich in sein Kommandanten-Schapp zurück, schloß den Vorhang, legte sich auf die Koje und brachte es wie immer fertig zu schlafen. Weil er vorher an etwas Schönes dachte.

Zum ersten Mal war er dieser leicht spröden Adelstochter auf dem Offiziersball der Marineschule in Flensburg begegnet. Gewöhnlich wurden zu solchen Festen die Töchter von Honoratioren geladen, damit man den Offiziersnachwuchs mit den richtigen Kreisen zusammenführte, aber die bildschöne Vera von Lüderitz war nur zufällig mit einer Freundin gekommen, die gemeinsam mit ihr in Hamburg Jura studierte. Wie oft im Leben war es so, daß die Menschen, die sich besonders herausgeputzt hatten wie Christbäume, keine Beachtung fanden, daß aber natürliche Eleganz, Schönheit und Grazie wieder einmal obsiegte.

Eigentlich war es mehr wie ein Tanzstundenball in der

Provinz denn in der Großstadt. Nur dieses dunkelhaarige Wesen, das tanzte wie eine Feder im Wind, hob sich ab gegen die nordischen Einheitsblondinen. Es gab kaum einen der anwesenden Herren Offiziere, der die junge Dame nicht mit den Augen verschlang, wenn er gerade nicht dabei beobachtet wurde und sie ein Knie zeigte. Sie konnte einfach alles perfekt, den Walzer, den Slow und den verruchten Tango. Sie trug keins von den beliebten Tanzstundenkleidchen mit kurzen weiten Röcken, sondern ein hautenges Etui aus violettem Atlas, an der Seite hochgeschlitzt. Alle hatten nur Augen für diese Beine, diesen biegsamen Körper, diesen Ausschnitt. Mit jedem ihrer Tänzer schien sie sich gut zu unterhalten. Es wurde viel gelacht. Doch zu einem kompletten Tanz mit ihr brachte es keiner. Die Partner wurden immer abgeklatscht, jeder wollte diese bildschöne Frau einmal im Arm halten, während die putzigen Mädchen der Flensburger Hautevolée sich reihenweise langweilten. Da es keine Tanzkarte gab, rechnete sich Leutnant Lorenz keine Chance aus, je an dieses Mädchen heranzukommen. Um so kräftiger sprach er der Bowle zu, lehnte an einer Säule und wäre eingeschlummert, wenn die Marinekapelle nicht ab und zu einen Swing gewagt hätte, den sie hier vorsichtigerweise Foxtrott nannten. Er stand da, immer von einem Bein auf das andere wechselnd, gelangweilt, und überlegte schon, wie er sich aus diesem Zirkus empfehlen könnte, ohne daß es vom Chef der Schule bemerkt würde. Immerhin ging es auf dreiundzwanzig Uhr. Finster entschlossen, Leine zu ziehen, atmete er plötzlich einen Duft ein, der anders war als die Rasierseife der Oberfähnriche und Leutnants und anders als das Eau de Cologne und Tosca der Damen. Den Niesreiz unterdrückend, wurde er wach, gab sich einen tüchtigen Ruck und traute seinen Augen nicht. Vor ihm stand diese dunkelhaarige Frau mit schweißfeuchtem Dekolletée.

»Chanel N° 5«, tippte er, überrascht, weil er nicht wußte, was er sagen sollte.

Sie half ihm aus der Verlegenheit. »Na, Sie einsamer Leutnant, ich glaube, auf Ihrer Bude im Bett wären Sie besser aufgehoben.«

Da hatte sie ihn schon bei der Hand genommen, zog ihn auf die Tanzfläche. Und womit er nie und nimmer gerechnet hatte – er legte mit diesem begehrten Weib einen langsamen Foxtrott aufs Parkett.

»Ich bin Vera von Lüderitz aus Ostpreußen«, sagte sie. »Hört man wohl am Dialekt.«

Langsam begann sich Lorenz zu fassen. »Kaum«, antwortete er, »nur eine Spur von Mariellche.«

»Von einem Gut in der Nähe von Elbing«, fuhr sie fort.

Weil er es geographisch nicht so auf die Reihe bekam, fragte er: »Auf welcher Seite vom polnischen Korridor?«

»Nördlich.« Dabei zeigte sie alle ihre wunderschönen Zähne.

»Leben dort noch Menschen?« bemerkte er und kam sich vor wie ein Idiot.

Lachend warf sie den Kopf nach hinten. »Wenn wir auch nur Roggen und Gerste anbauen und Pferde züchten.«

Jetzt war er an der Reihe. Und das half weiter zu seiner Erleichterung. »Mein Name ist Peter Lorenz. Ich komme aus Osnabrück. Dort leben auch Menschen.«

»Ob sie ebenfalls mit Pferden zu tun haben, brauche ich wohl nicht zu fragen.«

Das irritierte ihn kurz. Plötzlich, ohne daß er wollte, begann er zu flunkern. Ihm lag daran, daß er diesem

Mädchen gefiel. »Obwohl es in meiner Familie heißt, Pferde seien dumm wie Beutelratten, haben wir doch mit ihnen gewisse Kontakte. Meine Großmutter kommt vom Zirkus, tanzte dort auf Pferdehintern. Mein Großvater war Pferdemetzger. Großmutter lernte ihn kennen, weil er dem Zirkus die alten Gäule abnahm und Dauerwurst daraus machte. Ja, und mein Vater wurde Pferdehändler. Seit es mit Pferden nicht mehr läuft, verkauft er Autos. Mercedes, Horch und Maybach. Aber ich mag kein Pferdefleisch. Es schmeckt süßlich.«

»Und Salami?« wollte sie wissen.

»Nur italienische.«

Plötzlich wechselte sie das Thema. »Leutnant Lorenz, Sie sind der einzige im Saal, der mich nicht zum Tanz gebeten hat.«

»Weil ich keine Chance sah«, erklärte er offen.

Ihre Augen waren groß und dunkelbraun wie ihr Haar. Der leichte Senfton ihrer Haut war vielleicht ein Überbleibsel vom letzten Sommer. »Irgendwie gefiel mir das an Ihnen«, gestand sie.

»Sie meinen meine Schüchternheit?«

»Ihre Zurückhaltung.«

»Außerdem bin ich ein schlechter Tänzer«, betonte er.

»Und halten Pferde für dümmer als Ratten. Aber ich kann Ihnen das Gegenteil beweisen. Besuchen Sie uns doch einmal in Elbing.«

Diese Einladung elektrisierte ihn beinahe so, daß er zitterte wie unter 220 Volt. Doch er nahm sie nicht ernst.

»Mein Vater züchtet Trakehner«, ergänzte sie noch.

Lorenz blieb immer – wenn es ging – so ehrlich wie möglich und meinte: »Ist Pferdezüchten und Gutsbesitzen in der heutigen Zeit noch ein Beruf?«

»Mein alter Herr ist pensioniert, preußischer Staatsrat, war mal Minister bei der Weimarern.«

Sie waren sich beim Tanzen körperlich etwas nähergekommen. Aber es war wohl nicht zu erwarten, daß man ihn mit dieser zauberhaften Frau einen Walzer lang durchtanzen ließ. Als sie links herum ansetzen wollten, stand ein Crewkamerad da und klatschte sie ab.

Offensichtlich ungern übernahm Vera den neuen Tänzer und rief Lorenz noch zu: »Also dann bis in Elbing.«

Nicht die Spur von Müdigkeit war noch in ihm. Er stand da, in seiner Müder-Krieger-Position an der Säule, trank Bowle, die jetzt etwas stärker schmeckte, weil man offensichtlich Gin hineingemogelt hatte, und war innerlich auf seltsame Weise beseelt, fast glücklich. Er hätte diese Vera von Lüderitz gerne gefragt, ob das mit der Einladung ernst gemeint sei, aber er kam nicht mehr dazu. In der zweiten Morgenstunde wurde der Ball offiziell für beendet erklärt. Das war so Sitte wegen der meist hochanständigen Damen aus gutem Hause. Sie sollten nicht Zeugen eines eventuellen Marinemassenbesäufnisses werden. Die Kapelle packte die Instrumente ein, die Herren holten die Garderoben der Damen.

Ganz unerwartet kam diese Vera noch einmal auf Lorenz zu. »Sie haben kein einziges Mal mit einer anderen Dame getanzt«, stellte sie fest.

»Scharf beobachtet, Gnädigste. Genaugenommen bin ich ziemlich grau und unsichtbar, daran liegt es.«

»Stimmt überhaupt nicht. Das Gegenteil ist richtig.«

»Man nennt mich linkisch und scheu.«

»Sie strömen Ruhe aus und vornehme Zurückhaltung, Leutnant Lorenz.«

Er bemühte sich um aufgesetzte Heiterkeit. »Das war schon in der Schule so. Im Gymnasium hatten wir vier

Jahre den gleichen Klassenlehrer. Einmal sagte er zu mir ganz erstaunt: ›Und wer sind Sie?‹

›Lorenz‹, antwortete ich ihm.

›Ach, gibt's den überhaupt?‹«

Sie lachte wieder so wundervoll kehlig und antwortete: »So was wie Sie, Leutnant Lorenz, wird heute nicht mehr gebaut. Also, wir werden uns in Elbing sehen.«

»Wann?« fragte er in einem Anflug von Mut.

»Irgendwann«, rief sie noch und wurde schon von anderen Herren umringt, die ihr in das Cape halfen und sie mit Beschlag belegten.

Nach dem Marineball in Flensburg hatte Lorenz so lange nichts mehr von Vera, der bezaubernden Ballschönheit, gehört, daß er sicher war, sie habe ihn vergessen. Er gab sich den strikten Befehl, sich nicht in diese Frau zu verlieben und sie zu vergessen. Als er schon so weit war, daß die Resignation obsiegte, kam diese Einladung. Zuerst las er bei Briefen immer den Ortsstempel. Elbing. Nahe dem Herzstillstand, riß er den Umschlag auf.

Nur ein paar Worte in einer runden, schwungvollen Frauenhandschrift. »Wir feiern hier am ... einen Geburtstag. Können Sie kommen? Ausgehuniform genügt als Anzug.«

Von da ab leitete er alles in die Wege, daß er zu diesem Zeitpunkt frei war. Er mußte nahezu mit einer Woche Urlaub rechnen. Bis er mit dem Zug nach Elbing kam und zurück, vergingen allein schon drei Tage.

Aber er brachte für das Unternehmen eine Menge Energie auf wie sonst nur vor wichtigen Prüfungen und wurde sogar beim Schulleiter, einem Kapitän zur See, vorstellig.

Der wollte ihn zunächst für verrückt erklären, so etwa

mit den Worten: »Kommt ja überhaupt nicht in Frage, Leutnant. Sie werden hier auf Ihre Kommandierung warten. Wenn Sie sich schon freiwillig zu den Schnellbooten gemeldet haben, müssen Sie auch zur Verfügung stehen. Falls diese Elite überhaupt einen Nicht-Adeligen in ihre Reihen aufnimmt.« Aber neugierig war der Kommandeur doch. Er stellte den Kopf etwas schief und fragte: »Wer ist denn die Dame?«

Lorenz überlegte, dachte aber dann, es könnte vielleicht helfen. »Vera von Lüderitz aus Elbing, Ostpreußen, Herr Kapitän.«

Da hellte sich das Gesicht des alten Seebären, der angeblich schon bei der Schlacht am Skagerrak dabeigewesen war, auf. »Aah, die Baronesse. Kenne die Familie. Hatten mal einen Admiral in der Sippe. Muß aber wohl schon in Zeiten von Störtebeker und der Hanse gewesen sein. In Ordnung, Lorenz. Urlaub genehmigt. Aber behandeln Sie die Dame gut. Samthandschuhe, immer Kavalier. Sie wissen schon, was ich meine. Nicht gleich Tittenklatschen. Machen Sie der Marine keine Schande!«

Lorenz fiel ein schwerer Anker vom Herzen.

In der westpreußischen Kleinstadt verlebten sie zauberhafte, sonnige Herbsttage. Es war ein Ort mit Giebelhäusern, ein bißchen wie ein ostpreußisches Rothenburg, alles beinahe märchenhaft. Die Plätze, die Nikolaikirche, die Marienkirche, die Straßen, die Märkte, die Gassen, der Hafen. Vera kutschierte ihn mit dem Go-Cart, mit dem sie ihn auch am Bahnhof abgeholt hatte, herum bis hinaus zum frischen Haff. In diesem Land gab es noch mehr von den zweirädrigen Kutschen als Automobile. Sie gingen am Kanal spazieren, sie hakte sich bei ihm unter. Aber so leicht, daß man es kaum spürte. Manchmal kam es sogar vor, daß sie seinen Arm sanft an sich drückte, wohl mehr Zufall als Absicht. Sie gingen in ein rustikales Lokal zum Essen, Ostseezunge mit Reibekuchen, dann in ein Kino. Es gab einen Film mit Zarah Leander, den Vera unbedingt sehen wollte. »Es war eine rauschende Ballnacht.« Das Kino war proppenvoll, weniger das Schifffahrtsmuseum, in das sie ihn anschließend schleppte. Möglicherweise wußte sie, daß es an einem Donnerstagabend dort fast keine Besucher gab. In einem der hinteren Räume zwischen den Modellen von Koggen und Frachtdampfern nahm sie ihn bei den Schultern, drehte ihn zu sich und küßte ihn unvermittelt. Nicht nur flüchtig, sondern richtig inniglich mit Schmackes.

»Du hättest es ja doch nicht gewagt.« Sie atmete schwer.

»Kaum.«

Als er sich wieder gefaßt und sie fest in den Armen hatte, fragte er: »Kommt das öfter vor im westlichen Ostpreußen?«

»Eher selten. Es gibt nicht genügend Männer, bei denen es sich lohnt.«

Aber ein bißchen mehr wollte er dennoch wissen. »Und wie lange hält das bei dir an?«

»Einen Tag«, sagte sie. »Ich studiere Jura, und da gibt es ein Urteil, vielmehr eine Strafe, und die lautet: lebenslänglich plus ein Tag.«

Er nahm es immer noch auf die leichte Schulter. »Bedeutet das, daß Begnadigung nicht möglich ist?«

»Nein. Der Verurteilte darf nicht vorzeitig entlassen werden, auch nicht bei bester Führung.«

Er küßte sie und sagte dann: »Ich nehme die Strafe an, Frau Richterin.«

Sie behielten das zunächst für sich. Von Verlobung und

solchen Dingen war nicht die Rede. Der einzige Unterschied nach außen war der, daß sie von nun an du zueinander sagten. Und bei Lorenz entwickelte sich eine Besonderheit: In diesen kurzen Stunden der Anspannung und des Glücks hatte er Bedürfnis nach Schokolade. Er kaufte sich eine Tafel und futterte sie vollends zusammen.

Gejagter Jäger

U-Lorenz schnorchelte mit Höchstfahrt elf Stunden lang mit Kurs SO 60 Grad, um von dem kritischen Punkt wegzukommen. Eine so lange Schnorchelzeit war für die Besatzung wegen des ständigen Druckabfalls – sobald eine Welle das Schnorchelventil zuschlug und der Diesel seine Luft aus dem Boot saugte – äußerst anstrengend, nahezu betäubend. Aber Lorenz hatte keine anderen Möglichkeiten. Die Geschwindigkeit mit E-Maschinen war zu niedrig, und die Batteriekapazität reichte bestenfalls für 60 Meilen.

»Und weit und breit kein Taifun in Sicht.«

»Immer, wenn man einen braucht, ist keiner da.«

Die Dunkelheit brach wieder herein. Jetzt, mit etwa 200 Meilen Abstand, ließ er auftauchen und fuhr ohne Schnorchel mit erhöhter Überwasserfahrt. Die Brückenwachen hatten den Befehl, höllisch aufzupassen, vor allem auf Suchflugzeuge. Die hatten von den großen amerikanischen Stützpunkten auf den Philippinen her nicht weit und waren mindestens so gefährlich wie die Hunter-Killer-Groups im Mittelatlantik. Mehrmals sah sich Lorenz gezwungen, tauchen zu lassen, aber in der Morgendammerung war der Pazifik nach allen Richtungen leer und wie tot.

Um die Mittagsstunde kam plötzlich aus einer Dunstwolke heraus ein Catalina-Flugboot angerauscht. Es flog sehr tief.

Lorenz' Männer schossen mit der achternen 2-cm-Zwilling, landeten vermutlich einige Treffer, das Flugboot entkam jedoch.

»Jetzt ziehen die hier alles zusammen«, fürchtete Lorenz.

»Denn so was wie uns brauchen sie sich nicht zu gefallen zu gelassen«, ergänzte der II WO.

Und prompt kam es so.

Als immer mehr Masten am Horizont auftauchten, um sie herum zunächst einen weiten Kreis bildeten, und als es so aussah, als würde sich dieser Kreis stetig enger ziehen, kamen auch noch Viermotorige. Wegen der Dunkelheit warfen sie ihre Bomben mit ziemlich zeitlichem Abstand, allzu große Erfahrung hatten die Amerikaner in der Bekämpfung von U-Booten wohl nicht.

»Wir müssen irgendwie raus aus der Falle«, entschied Lorenz. »Egal wie, bevor sie uns erdrosseln.«

»Eine Schokacola für den Kommandanten!« rief der Obersteuermann in die Kombüse.

Mit seiner Erfahrung und allen Tricks, die er kannte, indem er die Tiefe wechselte, den Kurs, indem er Haken schlug und dann wieder gestoppt liegenblieb, gelang es dem erfahrenen U-Boot-Fuchs, den Ring der amerikanischen Verfolger zu durchbrechen. Aber sie blieben hinter ihm und ließen sich nicht abschütteln.

»Die werden wir nicht so schnell los«, fürchtete Lorenz, »die haben unsere Duftspur.«

Längst hatten sie den südlichen Wendekreis erreicht. Vor ihnen lagen die eisigen Weiten der Polarmeere. Immerhin bestand die Gefahr, daß die Amis das Boot weiter bis 40, 50 Grad Süd hetzten, um es irgendwann im Treibeis zur Aufgabe zu zwingen.

»Am Südpol herrscht jetzt Winter«, erinnerte der Obersteuermann.

»Klar, wenn es bei uns zu Hause auf den Sommer zugeht.«

Man sah die Verfolger selten, hörte aber ihre Motorengeräusche. Und sie waren nicht abzuschütteln.

»Jetzt werde ich aber langsam sauer«, schimpfte Lorenz.

Mehr aus einem Instinkt heraus als aus Vernunft nahm er einen südöstlichen Kurs, um sich der Küste Chiles zu nähern, auch wenn die Distanz dorthin nahezu 1900 Seemeilen betrug. Einmal alle vierundzwanzig Stunden nahm er Funkkontakt mit der U-Boot-Funkstation in Angermünde auf. Stets faßte er seinen Bericht so ab, daß er nur wenige Sekunden dauerte. Die erfahrenen Strategen beim Befehlshaber der U-Boote in »Koralle« konnten sich natürlich ausrechnen, was bei ihm ablief, und würden ihm zu helfen versuchen. Und tatsächlich, zu einer Zeit, als Korvettenkapitän Lorenz seine Chancen zu überleben für immer geringer beurteilte, traf ein streng geheimer Funkspruch des Befehlshabers der U-Boote ein. Er war dreimal überschlüsselt. Mit der Enigma brachten sie an Bord den Klartext zustande. Der I WO legte dem Kommandanten den Text vor.

Lorenz las die wenigen Zeilen: »Öffnen Sie Gekados-Akte mit der Überschrift Retiro und handeln Sie nach Sachlage. Viel Glück, Befehlshaber der U-Boote.«

Lorenz wußte, daß es diese Akte in seinem Stahltresor gab, daß sie aber nur auf direkten Befehl des BdU geöffnet werden durfte. In allerhöchster Notsituation.

Juni 1944 VON ALLEN HUNDEN GEHETZT
VIELE HUNDE SIND DES HASEN TOD

Die Gekados-Akte Retiro enthielt Dinge, von denen auf der Welt bestenfalls eine Handvoll Männer wußte.

»Was ist ein Retiro?« wollte LI Harms wissen. »Ich war nur auf der technischen Realschule. Da hatten wir kein Latein.«

Der neunmalkluge I WO Luther erklärte es ihm. »Nehmen Sie das lateinische Wort *retirare* für ›zurückziehen, verstecken‹. Und da es für ein deutsches U-Boot weder Rückzug noch Versteck geben darf, kam ein ganz Gerissener vom U-Boot-Stab daher und gab der Akte den Vermerk Retiro.«

Korvettenkapitän Lorenz zog sich mit dem Material hinter seinen Vorhang zurück, studierte es und rief dann nach Sawitzky, dem Obersteuermann. Seine zwei Wachoffiziere sahen es immer ungern, wenn Lorenz mit Sawitzky den Kopf zusammensteckte, aber als alter Handelsschiffer war Sawitzky eben der beste Navigator. Sawitzky hatte die Feuerlandkarte mitgebracht, speziell die chilenische Seite, breitete sie aus und ließ sich vom Kommandanten informieren.

»Da müssen wir rein, nördlich vom Beagle-Kanal. Was halten Sie davon, Sawitzky?«

»Das ist die Hölle. Tausend Inseln, Buchten und Einfahrten, eine Mischung aus Irrgarten und Labyrinth.«

Tatsächlich gelang es ihnen, mit Hilfe der Koordinaten auf der Karte den Punkt Retiro zu finden. Selbst Lorenz, den sonst nichts erschütterte, schüttelte den Kopf.

»Das ist nicht die Nadel im Heuhaufen, nein, das ist wie ein Stecknadelkopf in der Heuernte von Oberbayern.«

»Finden wir nie, Käpt'n.«

»Doch, wenn es uns an den Kragen geht, dann schon.«

Es ging ihnen nicht nur dahin, sondern bereits an die Kehle. Immer hatten sie einen amerikanischen Fühlungshalter in der Nähe, Tag und Nacht, und der ließ sich nicht abschütteln. Egal, wie sie auch fuhren, getaucht, mit Schnorchel oder in der Dunkelheit AK über Wasser. Er hatte Sonar.

Die Stimmung an Bord war so auf Null, daß selbst die derbsten Männer der Besatzung keine schmutzigen Witze mehr rissen. Es wurde kaum noch gesprochen, jeder stierte vor sich hin, schob den Teller mit dem besten Essen weg – typische Anzeichen für eine bevorstehende Explosion. Und die konnte in diesem Fall nur Meuterei heißen. Hinzu kamen die Hiobsbotschaften vom Krieg in Europa. Die Frühjahrsoffensive der Roten Armee hatte Erfolg. Die Feinde konnten Uman und Cherson befreien. Ihre Panzerspitzen erreichten den Fluß Pruth. Sie sammelten sich zur Krim-Offensive. Die deutschen Truppen hatten den Menschenmassen, den neuen T-34-Stalin-Panzern und der massierten Artillerie nicht viel entgegenzusetzen. Die Russen befreiten Odessa, Tarnopol fiel, und nun setzten sie zum Sturm auf Sewastopol an. Die Roten begannen, die Krim vom Feind zu säubern.

An einer Koje im Mannschaftsschlafraum des U-Bootes hing eine Rußlandkarte, in der mit Farbstift immer der neueste Stand der deutschen Linie verzeichnet worden war. Jemand hatte die Karte herumgedreht und draufgeschrieben »Scheißkrieg«. Im Grunde wäre das ein

Disziplinarfall gewesen, aber vorsichtigerweise wollte Lorenz die Eiterbeule nicht anstechen. Ständig überlegte er jedoch, daß er den Männern irgend etwas bieten mußte. Ein kleines Erfolgserlebnis. Wie war es möglich, den Fühlungshalter loszuwerden?

»Den dummen Ami«, meinte II WO Trippel, »müßte man doch irgendwie loswerden.«

»Leider ist der Ami so dumm nicht«, erwiderte Lorenz und fühlte, daß er gefordert war. Ihm als erfahrenem Kommandanten mußte jetzt irgend etwas einfallen. Er rief den LI auf die Brücke.

Juni 1944 FALSCHE FÄHRTE ZIEHT DER FUCHS
WEIL ER KRANK IST UND NICHT MEHR SO KANN
NUR SEINE SCHLAUHEIT HAT ER NOCH

»Harms«, begann Lorenz, »das Schlimmste, was einem verfolgten U-Boot passieren kann, ist doch, daß es Öl verliert.«

»Und damit eine Spur setzt.«

Lorenz teilte ihm darauf seine Entscheidung mit: »Wir werden also nicht versehentlich, sondern absichtlich eine Ölspur hinterlassen. Sorgen Sie dafür, daß wir immer geringe Mengen davon verlieren. So, daß es schön in der Sonne schliert.«

»Dazu verwenden wir Altöl, Käpt'n.«

Die Entscheidung war gefallen.

»Wir ziehen also die Ölspur und laufen ein paar Tage nach Nordwesten, praktisch Gegenkurs. Mal sehen, ob der Bewacher darauf hereinfällt.«

Die technischen Voraussetzungen wurden sofort in die Wege geleitet. *U-Monsun* pumpte Altöl ab, blieb noch zehn Stunden auf Kurs und ging dann auf 290 Grad. Nicht abrupt, sondern so, als hätte das Boot einen Defekt am Ruder oder an einer Schraube.

»Wenn der Ami schlau ist«, sagte II WO Trippel am Abend in der Messe, »zieht er eine Ölprobe und merkt, daß wir ihn mit Bilgenöl reinlegen wollen.«

Lorenz konnte sich eine Sotisse nicht ersparen. »Behaupteten Sie nicht selbst, die Amis seien dumm? Aber eines sind die da oben gewiß: nämlich so müde wie wir.«

U-Monsun blieb siebzig Stunden auf dem neuen Kurs, und an einem Morgen war der Fühlungshalter, der US-Zerstörer, tatsächlich verschwunden. Die Stimmung hätte umschlagen können, wenn nicht am Horizont ein anderer Bewacher aufgetaucht wäre.

Der Leitende bemerkte sarkastisch: »Wenn der nicht sofort abhaut, erkläre ich ihn zu meinem Todfeind.«

Der Amerikaner war wirklich nur durch Zufall des Weges gekommen und nun wieder verschwunden.

»Gott sei Dank«, sagte der Obersteuermann. »Wenn ich die Augen schließe, sehe ich einen Bewacher, und wenn ich sie öffne, sehe ich auch einen.«

»Geht mir ähnlich«, bemerkte der Leitende, »wenn ich die Augen schließe, sehe ich U-Boot, und wenn ich sie öffne, sehe ich auch nur U-Boot.«

Offenbar hatte *U-Monsun* einige Tage Luft und näherte sich wieder der chilenischen Küste mit Südost-Kurs. Was gar nicht gut klang, waren die Frontberichte von der Normandie. Die deutschen Divisionen hielten dem Druck der Alliierten nicht mehr stand. Die hatten Nothäfen gebaut und landeten riesige Mengen Panzer, Artillerie und Munition an. Cherbourg kapitulierte. Die Alliierten nahmen Bayeux ein.

»Bald marschieren die auf Paris zu.«

»Und wo bleiben unsere großartigen SS-Panzerdivisionen, und wo bleibt unser berühmter Marschall Rommel?« wurde an Bord gelästert.

Die Alliierten kamen aber auch von Süden. In Italien hatten sie Rom besetzt. Mit der dritten Offensive bei Casino nahmen sie den Klosterberg ein, und dann gab es in Frankreich eine riesige Panzerschlacht bei Avranches.

»Die machen uns fertig«, bemerkte einer sehr gedämpft.

»Du hast einen leichten Schlag seitwärts, Kumpel. Das ist doch reine Taktik des Führers. Erst kommen lassen, dann druff!«

Doch allmählich fürchteten alle, daß es so nicht weitergehen konnte.

Der Funkobermaat faßte es in einem einzigen Satz zusammen. »Der Tod ist schön, wenn das Leben häßlich ist.«

»Später wird es vielleicht wieder besser.«

»Später ist zu spät, Kameraden.«

Eine Woche danach standen sie bei 50 Süd und 75 West nahe der chilenischen Feuerlandküste. Punto Arenas lag ziemlich genau im Osten.

»Unser Retiro liegt südlich der Ausfahrt Magellanstraße«, definierte der Obersteuermann. »Was wird uns dort erwarten, Herr Kapitän?«

»Keine Ahnung. Vielleicht eine Bucht, Eskimo-Indianer mit ein paar Zelten. Lassen wir uns überraschen.«

Das Wetter verschlechterte sich. Trotz Nebel, zunehmender Kälte und Regen, der in Graupelschauer überging, suchten sie tagelang nach markanten Punkten an der Küste, ohne sie zu finden. Mehrmals peilten sie Sonne und das Kreuz des Südens, um daraus ihren astronomisch genauen Standort zu berechnen. Doch das half wenig. Der LI meldete, daß der Treibstoff zu Ende ging, und Lorenz war sich klar, daß wieder einmal etwas geschehen mußte und er die Verantwortung für Boot und Besatzung trug. Wäre doch gelacht, die Basis Retiro nicht zu finden. Notfalls mußte er auf ein ganz primitives Mittel zurückgreifen. Absolut in Küstennähe ließ er daran entlang nach Süden laufen. Einmal gerieten sie sogar in treibendes Packeis. Und dann erteilte Lorenz einen Befehl, der alle Ausgucks verwunderte.

»Auf Segel achten«, sagte er, »oder Fischerboote.«

Tatsächlich sichteten sie das mehrmals geflickte braune Segel eines Kutters. Sie tauchten neben ihm auf, der Kutterkapitän erschrak zu Tode, ergriff aber aus irgendwelchen Gründen nicht die Flucht. Sie machten lachend Zeichen, hielten Zigarettenpackungen und Konservenbüchsen hoch, bis er neben ihnen anlegte. Aber wahrscheinlich mehr wegen der drohenden 2-cm-Kanonen. Der alte Kutterkapitän und seine zwei Helfer sprachen nur Küstenspanisch, was aber der Obersteuermann verstand und übersetzen konnte. Den Chilenen war der Dieseltreibstoff für ihren Glühkopfeinzylinder ausgegangen, der Wind stand ungünstig, der Fang begann zu verderben. Lorenz kaufte ihnen die Fische ab, versorgte sie mit Proviant und einigen hundert Liter Diesel. Dafür verlangte er von dem Kutterkapiän allerdings, daß er mit an Bord kam. Er zeigte ihm den Retiro-Punkt auf der Seekarte. Erst schüttelte der Chilene mit dem Kopf, zuckte mit den Schultern, er wisse nichts von einer Basis. Doch dann grinste er.

»Ich kenne aber den Weg dorthin, Señor. Es ist eine Bucht, umgeben von hohen Bergen.«

»Wie ein Fjord in Norwegen«, meinte Sawitzky.

Der Kutter lief maximal sechs Knoten, der Chilene meinte, sie würden etwa zwei Tage unterwegs sein. Der Mann sah irgendwie verschlagen und nicht vertrauenswürdig aus. Damit er sie nicht in irgendeine Falle lockte, gab ihm Lorenz zwei bewaffnete Männer der Besatzung mit an Bord.

»Was sollte er gegen uns haben?« meinte er zuversichtlich. »Mit den Chilenen stand das Reich immer auf gutem Fuß.«

Sie hatten die Kutterleute falsch eingeschätzt. Sie

brachten das U-Boot treubrav die Küste entlang und durch eine kaum erkennbare Einfahrt zwischen Inseln und Untiefen in den Feuerlandbereich. Der Fischer machte sie sogar ständig darauf aufmerksam, wenn irgendwelche Korallenbänke oder Unterwasserfelsen im Fahrwasser drohten. Doch dann, eines Tages am Morgen, stoppte er. Er könne hier nicht weiter, das sei Sperrgebiet, er wünsche dem U-Boot eine gute Reise.

Man trennte sich.

»Jetzt verkauft er uns an die Amis«, fürchtete der I WO.

Noch bevor die Nacht kam, erreichte *U-Monsun* sein Ziel. Lorenz und sein I WO suchten mit den Gläsern die Bucht ab und entdeckten einige typische Merkmale für Stützpunkte. Die dunkle Einfahrt einer sehr großen Höhle, Funkmasten, ein paar Baracken. Öltanks.

»Wenn das nicht Retiro ist«, sagte der II WO, »dann gibt es kein Retiro mehr.«

Juli 1944

Rettung in Walhalla,
Thron der Götter
Durchs Nadelöhr ins Versteck
zwischen tausend Inseln

Unter Tarnnetzen lag ein Frachter, etwa vier- bis fünftausend Tonnen groß. Lorenz ließ Erkennungssignal schießen. Der Frachter antwortete mit rot-weiß-roten Sternen. Von seiner Steuerbordseite löste sich ein Motorboot und rauschte auf sie zu. Ein Seeoffizier kam an Bord und lotste das U-Boot durch das klippenreiche schmale Fahrwasser.

Lorenz nahm ihn auf der Brücke ein wenig ins Verhör. »Der Dampfer dort, ist das nicht die *Uckermark*?«

»Ja, zu Beginn des Krieges waren wir zwischen Atlantik und Pazifik als Hilfskreuzer eingesetzt. Konnten einiges versenken.«

»Hat man Sie nicht aufgebracht und ebenfalls versenkt?« wollte Lorenz wissen.

»Das haben wir über Funk gemeldet, weil wir inzwischen einer Geheimorder folgten. Es galt, hier einen U-Boot-Stützpunkt aufzubauen. Die Genehmigung der chilenischen Regierung dürfte Berlin einige Millionen in Gold gekostet haben. Dafür gibt es hier aber wirklich alles. Werft, Dock, Reparaturwerkstätten, Lager und Depots für so gut wie jede Schraube. Und das unter hundert Meter gewachsenem Fels, also absolut bombensicher. Sogar die Munition und der Treibstoff sind wohl nirgends auf der Welt besser untergebracht als in Walhalla.«

»Uns interessieren eigentlich nur Badewannen, Duschen und Rasierapparate«, erklärte Lorenz. »Und gute Mahlzeiten auf einem Boden, der sich nicht bewegt.«

»Kriegen Sie«, versicherte der Schiffsoffizier mit den drei goldenen Ärmelstreifen. »Schon bestellt.«

Der Frachter *Uckermark*, umgebaut als Wohnschiff, sah von außen nur rostig aus. Das war Tarnung. Innen bot er alles, wovon ein U-Boot-Mann nur träumen konnte. Kabinen, weiß bezogene Betten, Koch mit guter Kombüse, Baderäume, Wäscherei und Schneiderei. Es gab sogar Krankenhauspersonal, allerdings kein weibliches.

Lorenz meldete sich beim Kommandanten des Stützpunktes, einem Kapitänleutnant der Reserve. Der riß, als Lorenz eintrat, gerade das Blatt vom Kalender. Es war der 19. Juli. Zunächst drehte sich das Gespräch um technische Dinge, Reparaturen, Ersatzteile, Defekte, Funkverbindung. Und es gab auch Erfreuliches.

»Wenn Ihre Leute ausgeschlafen sind – wir haben hier ein Bordkino, mehrere Dutzend Filme in 16 mm von La Jana bis Marikka Röck. Bringt uns immer mal wieder ein Boot vorbei. Auf Wochenschauen mit Kriegsberichten von der Atlantikschlacht werden Sie vermutlich nicht so erpicht sein, Kapitän Lorenz.«

»Doch, doch – interessiert uns«, erklärte Lorenz, immer noch stramm treudeutsch ausgerichteter Offizier.

»Was dürfen wir Ihren sechzig Männern als Begrüßungsessen anbieten, Käpt'n? Ente vielleicht? Wir haben hier eine Entenfarm.«

Lorenz zog die Nase hoch. »Ente schmeckt wie eine Mischung aus Hase und Igel. Haben Sie nicht zufällig auch eine Gänsemastfarm?«

»Leider nein. Gänse fliegen nur über uns hinweg, und Wildgänse schmecken bitter.«

Die wahre Bitternis kam jedoch von ganz anderer Seite. Während der nächsten vierundzwanzig Stunden, als an Bord schon montiert, geschraubt und geschweißt wurde und die Männer sich betranken, versuchte Lorenz, eine telefonische Verbindung mit Europa herzustellen.

»Die Leitungen sind intakt«, hatte man ihm gesagt, »sie laufen über Chile, Argentinien und Unterseekabel nach Spanien. Aber es kann Tage dauern, bis eine Verbindung zustande kommt.«

Es dauerte auch Tage. Und es waren mit die entscheidendsten Tage seit Beginn des Krieges.

21. Juli 1944 TÖDLICHES LAIENSPIEL
FÜNFMAL VERSUCHT, SECHSMAL DANEBEN

In ganz Deutschland begann der 20. Juli als ein strahlender Tag. In der Nacht hatten auch keine Einflüge und Bombardements stattgefunden. Um sieben Uhr morgens startete ein Kurierflugzeug vom Flugplatz Berlin-Randtzdorf. An Bord befanden sich Oberst Graf Stauffenberg und sein Adjutant. Jeder trug eine Aktenmappe. In der von Stauffenberg befand sich die Bombe. Es war derselbe Bombentyp, der schon mehrmals hätte verwendet werden sollen, um Hitler zu töten, aber es war immer schiefgegangen. Heute schienen die Voraussetzungen zu stimmen.

Nach dreistündigem Flug landete Stauffenberg im ostpreußischen Rastenburg nahe dem Führerhauptquartier. Er sollte dort einen Vortrag zur Lage der Ersatz-Armee halten. Stauffenbergs Wagen passierte mehrere Kontrollen. Da er einen Sonderausweis hatte, interessierte sich niemand für den Inhalt der Aktenmappe. Sie fuhren die Straße in zügigem Tempo durch den Wald. Bald tauchten die Bunker und Baracken auf. Im großen Lageraum fand die Führerbesprechung statt. Auf dem Weg dorthin schloß sich Stauffenberg kurz in der Garderobe ein, zerbrach mit einer Zange den englischen Säurezünder. Nichts konnte jetzt die Explosion in zehn Minuten noch aufhalten. Stauffenberg betrat als letzter den Lageraum und schob sofort die Mappe mit der Bombe unter den massiven Kartentisch in die Nähe des Oberbefehlshabers.

Was Stauffenberg nicht gefiel war, daß die Baracke aus Holz und nicht aus Beton war und eine Menge Fenster besaß. Durch sie konnte der Druck entweichen.

Der Lagevortrag von Generalleutnant Heusinger dauerte so lange, daß auf die Anwesenheit Stauffenbergs verzichtet wurde. Der einäugige Oberst mit der künstlichen Hand orientierte sich noch einmal über die richtige Lage der Tasche mit der Bombe und verließ dann den Raum, ohne zu ahnen, daß sie einen Meter beiseite geschoben würde. Er befand sich bereits auf dem Rückweg zum Flugplatz und hatte den Sondersperrbereich gerade verlassen, als um 12.50 Uhr die Explosion folgte. Aus der Ferne hörte der Oberst die Detonation, sah die Flammen und glaubte, Schmerzensschreie zu hören.

Ehe von Rastenburg aus die Nachricht zur Reichshauptstadt gelangte, befand sich der Attentäter bereits auf dem Wege nach Berlin. Dort landete er um 15.44 Uhr und übermittelte an die wartenden Kameraden telefonisch die Nachricht »Hitler ist tot«. Alle Maßnahmen für die »Operation Walküre« wurden eingeleitet. Aber zu langsam. Bis zum Abend konnten die Verschwörer vom Berliner Wachbataillon unter dem Kommando von Major Otto Ernst Remer überwältigt werden. Das Drama endete, kaum daß es begonnen hatte. Stauffenberg und die Verschwörer, alles hohe Offiziere, wurden verhaftet, sämtliche Unterlagen beschlagnahmt. Man ließ sie ins Militärgefängnis Moabit abführen. Einigen gelang die Flucht, wieder andere wurden zur Gestapo in die Prinzregentenstraße gebracht. Sie wußten, was ihnen bevorstand. Sie fanden nicht einmal die Zeit, sich eine Kugel in den Kopf zu jagen. Ein großer Teil der Verschwörer wurde von einem Standgericht zum Tode verurteilt und unten im Ehrenhof, im Licht von Autoscheinwerfern, erschossen.

Hitler war durch den massiven Eichentisch geschützt worden und nur leicht verletzt. Am Abend hielt er im Rundfunk eine Ansprache. Darin war viel von der Vorsehung die Rede, die ihm das Leben für Deutschland erhalten habe.

Die Geheime Staatspolizei und der Sicherheitsdienst werteten pausenlos das Material aus – die Listen der Beteiligten, der Männer, die für die neue Regierung vorgesehen waren, und die der Mitwisser in der zweiten Reihe. Wessen man habhaft werden konnte, wurde sofort verhaftet. Ein Einsatzkommando des SS-Obergruppenführers Kaltenbrunner raste durch die Nacht nach Bayern zum neuen Rittergut des ehemaligen Staatsrats und Ministers Baron von Lüderitz. In dem Schloß nahe Traunstein legte man ihm das Beweismaterial vor, wonach er Kontakt mit Oberst Stauffenberg und Oberbürgermeister Goerdeler gehabt habe. Der ehemalige preußische Beamte war zu stolz, als daß er sich in Ausreden oder weitschweifigen Erklärungen ergangen hätte.

»Packen Sie Ihre Sachen, aber nur einen Koffer voll«, befahlen die Schergen.

Am Fenster stehend, fiel einem der Gestapo-Leute auf, daß aus einem der Schornsteine Rauch abzog. »Sie haben doch im Sommer nicht die Heizung an, oder?«

Sie gingen der Sache nach und fanden im Keller des Seitenflügels eine junge Frau, die in der Feuerung unter dem Dampfkessel der Heizung Akten und Papiere verbrannte. Es war Vera Lorenz. Man hatte sie auf frischer Tat ertappt, wie sie Beweismaterial aus dem Weg räumte, zumindest behaupteten das die Gestapo-Leute. Wegen ihres sichtbar kritischen Körperzustandes verzichtete Vera darauf, sich zu wehren.

Nach drei Tagen endlich kam das Ferngespräch zwischen Feuerland und Bayern zustande. Die Ereignisse verloren über eine Entfernung von 20000 Kilometern um die halbe Erde nichts von ihrer Dramatik. Nur der alte Hausmeister, der aus Elbing mit übersiedelt war, blieb für Lorenz erreichbar.

Mit wenigen Worten setzte er den Korvettenkapitän ins Bild: »Die Geheime Staatspolizei war da, hat den Herrn Baron verhaftet und auch die Baronesse. Sie kamen ins Gefängnis nach München. Dorthin wollte ihnen meine Frau Kleider und ein paar Lebensmittel bringen, aber sie waren schon weitertransportiert. Angeblich in ein Konzentrationslager. Entweder nach Auschwitz oder nach Theresienstadt in Polen. Aber Sie können beruhigt sein, Herr Kapitän, Ihrer Frau ist trotzdem nichts geschehen.«

»Was heißt trotzdem?« erkundigte sich Lorenz am Rande der Panik.

»Wußten Sie nicht«, rückte der alte Hausmeister heraus, »daß Ihre Frau schwanger ist? Wie ich höre, im sechsten Monat. Es war schon deutlich zu sehen.«

Sekunden später wurde die Leitung unterbrochen. Lorenz blieb allein mit seiner Sorge, seinem Schmerz und seinem Entsetzen. Daß man die Frau eines angeblichen Kriegshelden auf diese Weise behandelte, war nur damit zu erklären, daß man ihren Vater in die Reihen derjenigen einordnete, die an dem Attentat beteiligt waren, was ja wohl auch den Tatsachen entsprach. Schließlich gab es Sippenhaft.

Beinahe apathisch überwachte der Kommandant von *U-Monsun* die Arbeit an seinem Boot und dessen Versorgung. Er nahm die Dinge so verschleiert wahr, als lebe er in einer anderen Welt. Hinzu kam der Zustand völliger

Übermüdung. Seit zwei Tagen, nach dem Telefongespräch mit Traunstein, hatte er keinen Schlaf mehr gefunden. Nachts, in dem bequemen Bett in der bequemen Gästekajüte der *Uckermark*, glaubte er, auf Nägeln zu liegen. Seine Gedanken wanderten von der unvorstellbar schlimmen Gegenwart in eine bessere Vergangenheit zurück.

Am nächsten Morgen lenkte ihn der Retiro-Kommandeur von seinen trüben Gedanken ab. Er führte ihn durch das riesige Höhlensystem und sagte nicht ohne Stolz: »Wir haben hier alles und auch Proviant über Jahre hinaus.«

»Nur keine Ersatzeinspritzpumpen für den großen MAN-Diesel, wie mir mein Leitender Ingenieur mitteilte.«

»Ist unterwegs«, versicherte der Kapitänleutnant. »Ich habe sie per Telex bei Bosch in Santiago angefordert. Wir verfügen da über geheime Transportwege.«

Es war wirklich gigantisch, was hier geboten wurde. Mindestens ebensoviel wie auf einem U-Boot-Stützpunkt in der Heimat und so gut wie jeder Luxus.

»Die Basis heißt natürlich nicht Retiro«, erklärte der Kapitänleutnant gelegentlich, »sondern ihr richtiger Name ist Walhalla.«

»Stützpunkt Walhalla. Hübsch germanisch.«

In Lorenz keimte ein böser Verdacht. Das alles war doch nicht nur als Stützpunkt für U-Boote gedacht, die ab und zu vorbeikamen. Die Höhle hatte Abmessungen, daß sogar Passagierdampfer darin anlegen konnten. Der Rundgang endete im Büro des Walhalla-Kommandanten beim üblichen Kaffee mit Cognac.

»Kennen Sie schon die internationale Reaktion«, begann der Kapitänleutnant, »auf das Führerattentat?«

»Unsere Funkstation an Bord reicht nicht so weit.«

Vermutlich angesteckt von den Kommentaren der internationalen Radiostationen, legte der Kapitänleutnant los: »Allgemein wird der Attentatsversuch als ein Werk von Laien hingestellt, völlig amateurhaft. Man kann sich kaum erklären, daß erfahrene, generalstabsmäßig ausgebildete, hohe Offiziere nicht in der Lage sein sollen, den Diktator wegzuräumen und dies, nachdem bereits vier Versuche gescheitert sind. Es gibt Stimmen, die ziehen aus der mangelhaften Durchführung und Vorbereitung ziemlich verwegene Schlüsse. Sie behaupten, man habe gar nicht ernsthaft im Sinn gehabt, einen Königsmord durchzuführen, um keinen militärischen Treueeid zu brechen. Man wollte dem Ausland nur zeigen, daß es in Deutschland Kräfte gibt, die sich gegen das Regime stellen. Die Alliierten erklärten übereinstimmend, daß selbst Hitlers Tod an der Lage nichts geändert hätte. Man will auf jeden Fall den Krieg weiterführen, bis das Dritte Reich total am Boden liegt.«

»Ohne Rücksicht auf Verluste«, ergänzte Lorenz bitter. »Wie immer. Auch wie bei uns.«

Der Basiskommandant, offenbar kein Nazianhänger, berichtete grinsend: »Und das Propagandaministerium in Berlin gibt noch einen drauf. Sie behaupten, die Idee, den Oberbefehlshaber zu beseitigen, stamme nicht vom deutschen Offizierskorps, sondern sei von den Amerikanern initiiert und finanziert worden. Von Mister Roosevelt persönlich.«

Der Kapitänleutnant äußerte sich abfällig. Früher wäre Lorenz solchen Reden scharf entgegengetreten, aber seit einigen Tagen dachte er über viele Dinge anders. Verdrossen ging er seiner täglichen Arbeit nach. Vom LI erfuhr er, daß sich die Reparatur auch wegen des Steuerborddiesels noch einige Zeit hinziehen konnte. Es würde August werden, vielleicht sogar September. Lorenz ordnete leichten Dienst für die Besatzung an.

»Treiben Sie Sport mit den Männern«, befahl er dem II WO. »Die fressen sich sonst rundrum dick und passen bei Alarm nicht mehr durchs Turmluk.«

Obwohl jede Menge Alkohol zur Verfügung stand und das Essen vorzüglich war, beschränkte Lorenz seinen Konsum auf das Nötigste. Nachts lag er schlaflos wie immer. Die Sorgen um Vera und das Ungeborene brachten ihn beinahe um. Sie hatten eine wundervolle Ehe geführt. Da er nur über wenige irdische Güter verfügte, hatte er versucht, ihr das zu schenken, was er gar nicht besaß: Glück.

Korvettenkapitän Lorenz drängte darauf, daß sich die Besatzung der Walhalla-Station nicht so amateurhaft verhielt wie die Attentäter in Berlin. Scharf und unerbittlich war er hinter allem her. Duldete keinen Schlendrian. Über die große Funkstation fragte der BdU an, wann *U-Monsun* auslaufbereit sei. Der LI versicherte, daß dies nach Lieferung der Diesel-Einspritzpumpe oder nach deren Einbau binnen achtundvierzig Stunden möglich wäre. Lorenz ließ als frühesten Termin den 1. September 1944 melden. Vorweg traf aus dem Lager »Koralle« ein Gekados-Funkspruch ein. Er wurde mit der Enigma entschlüsselt und lautete:

»*U-Monsun*-Lorenz auf Rückkehr nach St. Nazaire freie Jagd im Atlantik.«

Der Kommandant unterrichtete seine Männer. Die Freude war groß, obwohl die Heimfahrt über 20000 Seemeilen sehr schwierig werden würde. Auch stimmten die Meldungen von Ostfront und Frankreich die Männer nicht gerade freudig. Im Osten besetzten die Russen Bukarest. In Warschau gab es einen riesigen Aufstand. Die Rote Armee schickte sich zum Einmarsch in Jugoslawien an. Am Mittelmeer landeten die Alliierten in der Provence, De Gaulle zog in Paris ein, die deutschen Truppen wurden aus Rouen und Reims hinausgejagt. Die Amerikaner holten sich im Pazifik eine Insel und ein Land nach dem anderen von den Japanern wieder zurück. Churchill, Roosevelt und Stalin planten ein Treffen, um jetzt schon gemeinsam über das Ende des Dritten Reiches nachzudenken. Nur über den Ort des Treffens wurde noch gestritten. Da sich Stalin weigerte, ein Flugzeug zu besteigen, würde wohl ein Platz am Schwarzen Meer den Zuschlag erhalten.

Pünktlich am 1. September legte *U-Monsun* von der Walhalla-Basis ab, voll verproviantiert, bis oben mit Treibstoff und den neuesten Torpedos ausgerüstet, mit ausgeruhter vollständiger Besatzung. Gestern hatte der LI das Boot frontfähig gemeldet. Am Morgen kam noch ein chilenischer Lotse an Bord, der sie durch die Magellanstraße in den Südatlantik bringen sollte.

Am 3. September hatte sich *U-Monsun* durch die Buchten und engen Fahrwasser gemogelt. Auf einer der letzten Inseln gab es eine argentinische Lotsenstation. Dort wurde der Chilene abgesetzt. Dann hatte das Boot den freien Atlantik vor sich.

Während der ganzen Reise mit Nordkurs, erst an der südamerikanischen Küste entlang, dann quer über den Ozean mit Kurs 40 Grad Richtung Afrika, galt nur eine Devise: auf gegnerische Flugzeuge achten und eventuell auf Schiffe am Horizont. Ein stures Geschäft. Auch Monotonie war anstrengend, und die Schnorchelei bei Tag machte der Besatzung schwer zu schaffen. Grauhäutig und unrasiert stiegen sie immer wieder aus dem Turmluk wie Lemuren, um etwas frische Luft zu schnappen und eine Zigarette zu rauchen. Das war immer nachts, denn tagsüber wurde meist mit Luftmast gedieselt. Täglich berechneten sie die zurückgelegten Strecke. Manchmal waren es 300 Meilen, an den Tagen, an denen die Sicht schlecht war. Meist aber nur 150 Meilen. Der Obersteuermann führte eine Strichliste. Jeden Tag zog er das Etmal von der Gesamtentfernung nach St. Nazaire ab. Insgesamt hatten sie für die Gesamtstrecke drei Monate angesetzt.

»Wird vermutlich Weihnachten«, wandte sich der Obersteuermann einmal an den Kommandanten.

»Berufen Sie es nicht. Dreimal Holz klopfen, toi toi toi.«

Wie kritisch es in jeder Stunde für sie war, bewies ihnen eine Begegnung Mitte Oktober. Es war nahe des alliierten Flottenstützpunktes der Insel Ascension. Im Morgengrauen meldete der Ausguck einen Dampfer, ein ziemlich großes Schiff, mindestens 20000 Tonnen, vermutlich ehemaliger Luxusliner für den Trip von Passagieren von Europa nach Südafrika gebaut. Er hatte Tarnbemalung und führte die Schweizer Flagge, also ein Neutraler.

»Aber heutzutage tarnt sich jeder als Neutraler«, meinte der II WO.

Sie verkürzten durch Kursänderung den Abstand, und Lorenz glaubte, im Glas sogar Aufbauten zu erkennen, die ausschauten wie mit Planen getarnte Kanonen.

»Das ist eine U-Boot-Falle«, erklärte er überzeugt.

U-Boot-Fallen, die Boote anlockten, um sie dann mit Artillerie aufgetaucht zu versenken, waren eines der schlimmsten Übel.

Lorenz entschloß sich zum Angriff. Er würde einen

Fächer riskieren. Ruhig befahl er: »Vordere Sektion Rohr eins bis vier klarmachen zum Überwasserschuß.«

Die Torpedomixer arbeiteten im Schweiße ihres Angesichts.

Lorenz entschied: »Ich will ihn von Backbord kriegen, da haben wir die Sonne im Rücken. Beide Diesel große Fahrt voraus. Kurs Backbord zehn.«

Das Boot erzitterte unter der dreihunderter Drehzahl. Mit neunzehn Knoten konnten sie das dicke Schiff überholen und sich davor setzen. Lorenz ließ das UZO (Unterwasserzieloptik) auf die Brücke bringen und war bereit zum Angriff. Er gab alle Werte an den I WO im Turm, der den Schußrechner speicherte.

Plötzlich rief der vordere Ausguck: »Verdammt, Herr Kapitän!«

Der Mann war der erste, der die Backbordseite des feindlichen Schiffes voll gesehen hatte. Dort trug das Schiff eine Bemalung. Rotes Kreuz auf weißem Rechteck.

»Ein Lazarettschiff.«

In Lorenz ballte sich etwas zusammen. »Zum Teufel, warum führt er das Kreuz nicht an beiden Seiten?«

»Vielleicht dachte er, daß die Flagge genügt. Das ist nicht die Schweizer Flagge, sondern die Rot-Kreuz-Flagge.«

Der Jagdeifer des Kommandanten, der durch die Vorgänge der letzten Wochen ohnehin nicht mehr so heiß war wie einst, verflog mit einem Schlag. Beinahe erleichtert ließ Lorenz Dampf ab. Er kaute den Rest der Schokacolatafel.

»Tauchen ... Torpedoklappen schließen ... auf vierzig Meter gehen ... beide E-Maschinen langsame Fahrt ... alter Kurs ... 230 Grad.«

»Mann«, wandte er sich an seinen I WO, »hatten wir ein Glück. Man stelle sich vor, wir hätten das Lazarettschiff versenkt, vielleicht mit tausend Verwundeten an Bord – nicht auszudenken. Der Fall *Lusitania* wäre ein Klax dagegen gewesen.«

Das Wetter wurde besser. *U-Monsun* mußte in den nächsten zwölf Stunden bis Eintritt der Dunkelheit schnorcheln. Lorenz nahm die entsprechende Eintragung im Kriegstagebuch vor, legte sich dann auf seine Koje.

Nach einem letzten Blick auf die Seekarte war ihm klargeworden, daß sie sich inzwischen auf dem Kurs der alten Ostasiensegler befanden. Schiffe, die Tee und Kaffee und Seide und Gewürze geholt hatten und andere Rohstoffe, die sie nach Europa brachten. Viele Venezianer waren dabeigewesen.

Dieses Stichwort löste in Lorenz die Gedanken an seinen letzten Besuch in der Serenissima aus.

August 1944

Bessere Zeiten damals
vor sechs Jahren
Doch der Friede war schon alt

Nach dem Besuch in Elbing war Lorenz Vera lange nicht mehr begegnet. Als Kommando hatte er eine Stelle als Wachoffizier bei der 4. Schnellbootflottille erhalten, angeblich auf ein nagelneues Boot, das noch nicht fertig war, wie es hieß. Es sollte erst vom Stapel laufen. In der Zwischenzeit stieg er als Navigationsoffizier auf dem kleinen Kreuzer *Nürnberg* ein und hatte das Glück, mit ihm gleich eine Auslandsreise zu unternehmen. Der Kreuzer *Nürnberg* sollte Spanien und Italien besuchen, dazwischen Bordfeste geben, Gäste und Besucher einladen. Nach Spanien kam Portugal, vom Tejo dampften sie durch Gibraltar mit Kurs Adria, um, wie es hieß, einige Tage in Venedig anzulegen. Beinahe jeden Tag schrieb Lorenz an Vera einen Brief, doch über das Ziel des Kreuzers, nämlich Venedig, durfte er aus Gründen der Geheimhaltung nichts verlauten lassen.

Um so überraschter war er, seiner Geliebten nahe dem Markusplatz zu begegnen. In ihrem Kleid aus zitronengelber Naturseide, dem weißen Hut, den weißen Schuhen, dem weißen Gürtel, der weißen Tasche sah sie umwerfend aus. Sie stand ganz zufällig da, als photographiere sie den Dogenpalast. Wie von selbst tauchte die Frage auf, wer wen zuerst gesehen hatte, sie ihn oder er sie. Wenn die Leica nicht an einem Riemen an Veras Hals gehangen hätte, wäre sie vermutlich auf den Mamorplatten zerschellt. Vera breitete die Arme aus, lief auf ihn zu. Sie umarmten und küßten sich innig, ohne auf die Menschen zu achten, die herumstanden und gafften. Sie waren beide so glücklich, daß es nur weniger Worte zwischen ihnen bedurfte.

»Pit, ich bin außer mir vor Freude!«

Auf der anderen Seite des Platzes spielte unter gestreiften Baldachinen eine Kapelle den neuesten Schlager. Dazu sang einer mit Belcanto-Stimme »Am Abend auf der Heide«. Das schöne Paar schlenderte hinüber ins Café Florian, trank einen Cappuccino. Vera nahm dazu von den italienischen Törtchen und Lorenz zwei Canapés, belegt mit Sardellen und Tatar. Jetzt erst konnten sie sprechen, ohne sich ständig in die Augen zu starren. Vera tat sehr erstaunt, daß er in Venedig war, und sagte, sie habe schon lange hierher kommen wollen. Doch er glaubte ihr nicht recht. Gewiß hatte sie über ihre Verbindungen herausgebracht, daß der Kreuzer *Nürnberg* ein paar Tage in Venedig anlegen würde. Aber das war egal jetzt.

Er legte seine Hand auf die ihre und flüsterte: »Hauptsache, du bist da, cara mia – so sagt man doch in Italien für Liebling.«

Später, während sie durch Venedig bummelten, kam kühler Wind auf, und Vera drängte sich an ihn. »Eigentlich wollte ich dir Harry's Bar zeigen, wo sich immer diese weltberühmten Trinker besaufen, aber ich weiß nicht, wo sie ist. Irgendwo beim Rialto.«

»Ich habe eine andere Idee«, sagte er.

Am Anleger von Rialto mietete er ein Motorboot und ließ sich mit Vera hinaus zu den Inseln bringen, nach Murano. Den Besuch in einer Glasbläserei fanden sie beide mächtig interessant, aber angenehmer war es, auf einer Restaurantterrasse zu sitzen, am Wasser, bei Wein, Palmen und Mandolinenmusik. Sie aßen Spaghetti alla pesce, und nachdem der Kellner die zweite Fiasca mit Weißwein gebracht hatte, begann Vera ein wenig zu zittern. Das zitronengelbe Seidenkleid ohne Ärmel war wirklich sehr dünn.

»Ist dir kalt?«

»Nein, ich friere nur.«

Sofort brachte er sie zurück nach Venedig. Das Motorboot legte an den Pfählen des Hotel Gritti an. Droben in ihrem Zimmer ließ Lorenz sofort das Bad für sie ein und wartete dann, eine Zigarette rauchend, auf dem Balkon.

Auf der anderen Seite des Canal Grande über Santa Lucia di Popolo ging der Mond auf. Hinter ihm im Zimmer entstand Lichtschein. Er hörte, wie sich die Badezimmertür öffnete. Völlig nackt, nicht einmal mit einem Frotteetuch in der Hand, kam Vera heraus. Wegschauen ging nicht, und er wollte auch gar nicht.

Sie duftete nach dem Badeschaum, hatte sich das Haar hochgesteckt und machte ihm ein Geständnis: »Es geht mir gut. Ich werde nicht krank. Ich konnte schon immer gut Grippe vorspielen. Aber wie sonst sollte ich dich in mein Bett kriegen?«

Als er etwas erwidern wollte, verschloß sie ihm den Mund mit ihren Lippen, drückte ihn rücklings auf das Polster und legte sich auf ihn. Dann blickte sie ihn an, mit Augen, als wollte sie ihm die Welt erklären. Sie erklärte ihm aber nur die Liebe.

Später – sie waren beide sehr glücklich gewesen – gestand sie: »Anders warst du ja nicht bereit, mich zu entjungfern.«

»Du warst ja gar keine Jungfrau mehr.«

»Und du kein Jüngling«, flüsterte sie und biß in sein Ohrläppchen.

Später, als es schon dunkel wurde, als irgendwo Lampions angesteckt wurden und die Gondoliere ihre Lieder sangen, eröffnete ihm Vera etwas, das ihn sofort in die Wirklichkeit zurückbrachte.

»Vater will das Gut in Elbing verkaufen.«

Lorenz wollte es erst nicht glauben. »Wie lange besitzt ihr es?«

»Vierhundert Jahre. Schon der große Kurfürst war einmal zu Gast.«

Lorenz, der die Entscheidung nicht sofort verstehen konnte, fragte: »So plötzlich?«

Er spürte, wie sich ihr Haar auf dem Kissen rieb, als sie nickte.

»Es wird Krieg geben mit Polen. Sie sind gemein zu uns. Und wahrscheinlich wird es auch Krieg geben mit Stalin.«

»Schwarzseherei.«

»Oder besseres Wissen.«

»Übrigens – ist das nicht Fahnenflucht?« äußerte er vorsichtig.

»Oder Klugheit.«

»Oberschlauheit nenne ich das. Am schlauen Wesen wird die Welt nicht genesen.«

Seine Einstellung, die er zu Staat und Führung hatte, diese unverbrüchliche Treue, war das einzige, was ihr an ihm mißfiel und was sie nicht unbedingt mit ihm teilte. »Hitlerjunge Quex«, spottete sie und drehte sich zur Seite.

An der Schulter zog er sie zurück. »Und dann?« fragte er. »Was kommt nach Elbing?«

»Mein Vater hat einen solventen Käufer, einen Bankier aus Berlin. Wir wollen uns in Oberbayern ansiedeln.«

Mehr als Spott fiel ihm dazu nicht ein. »Hitler baut sich was am Obersalzberg. Näher zu direr, mein Fiehrer.«

»Ein Onkel von mir, Theo von Lüderitz, hat bei Traunstein am Chiemsee einen wunderbaren Besitz. 2000 Hektar. Er ist alt, will sich zurückziehen irgendwohin nach Italien, hat aber eine große Familie, die er finanziell ausstatten möchte. Deshalb verkauft er.«

»Und eure Pferde?« wollte er wissen.

»Die Trakehner und die alten Angestellten vom Gut nehmen wir mit.«

»Der Herr Baron kreuzt in Bayern die Pferde mit Kühen.«

»Wir werden wohl Haflinger züchten, das sind diese kleinen Gebirgspferde.«

Irgendwie war durch diese Eröffnung der Zauber der Liebe aus dem Zimmer entwichen. Lichtreflexe des Canal Grande schimmerten an der Zimmerdecke. Irgendwo schlug eine Uhr elfmal. Lorenz mußte gehen. Sein Bordurlaub reichte nur bis Mitternacht.

Als sie sich bald darauf verlobten, war Vera schon in Süddeutschland und Pit Lorenz bei den Schnellbooten.

U*-Monsun* setzte seine gefahrvolle Rückfahrt auf Heimatkurs fort. Schon weit nördlich der alliierten Inselstützpunkte, etwa auf 35 Nord und 40 Ost, meldete sich der Funkmaat beim Kommandanten.

Er faßte sich kurz mit langem Gesicht. »Ausfall der Station, Herr Kapitän.«

Der wollte Einzelheiten wissen und forschte nach. »Was geht noch?«

»Der Umformer ist durchgeschmort und hat im Verstärkerteil alle Röhren mitgenommen.«

Unwirsch fuhr Lorenz den Mann an. Es gab genug Probleme, das Boot durchzubringen, und nun auch das noch. »Ich will nicht wissen, was kaputt ist, sondern was noch geht.«

»Wir können senden, aber nicht empfangen.«

Lorenz besprach sich mit seinem I WO und ließ dann einen Funkspruch an den BdU nach Berlin absetzen, in dem er kurz seine Lage schilderte und um Anweisungen über Radio bat. Die Kurzwelle des deutschen Senders konnten sie noch empfangen. Das Boot behielt Kurs bei, fuhr bei Helligkeit getaucht, nur nachts oben.

Endlich, nach Tagen, erfolgte in einer Nachrichtensendung über die Richtfunkstrecke des Reichssenders Berlin eine Durchsage, die nicht in den Text paßte, aber offenbar für *U-Monsun* gemünzt war.

Der Sprecher baute es beiläufig ein: »Die Monsunwinde treten dieses Jahr weiter nördlich auf und werden sogar auf den Kanaren registriert, wie wir von der Wetterstation Las Palmas und Señor Monte Rosso erfahren.«

Der Klartext war leicht zu entschlüsseln. Sie sollten die Kanarischen Inseln ansteuern – das war neutrales spanisches Gebiet – und sich im Hafen von Las Palmas an einen Herrn namens Monte Rosso wenden. Vermutlich hatte der Ersatzteile parat.

Sofort ließ Lorenz vom Obersteuermann den Kurs auf Las Palmas absetzen.

»750 Meilen. Eine Woche. Stark kontrolliertes Seegebiet«, nuschelte Sawitzky.

Sie richteten sich danach und kamen durch. Aufgrund der meist zuverlässigen U-Boot-Navigation tauchte am Morgen des sechsten Tages der Picode Teide von Teneriffa auf. *U-Monsun* tauchte, behielt Kurs und lief bei Dunkelheit in den Hafen von Las Palmas ein. Anhand des Segelhandbuches bot dies keine Schwierigkeiten. Hafen und Stadt waren hell erleuchtet, die Autos entlang der Küstenstraße fuhren mit voll aufgeblendeten Scheinwerfern.

Alles fabelhaft friedensmäßig. Der Hafen lag voller Privatyachten und Fischereifahrzeuge. Auch Fähren und Frachter waren darunter. Hinter einem Küstentanker, halb von ihm gedeckt, legte Lorenz sein 2000-Tonnen-Boot vorsichtig an, übergab dem I WO das Kommando und eilte mit dem Funkmaat an Land.

»Halten Sie das Boot klar zum sofortigen Auslauf«, befahl er Leutnant Luther.

Seine Uniformjacke hatte Lorenz gegen einen dunklen Pullover getauscht und die weiße Kommandantenmütze mit dem goldenen Eichenlaub am Schild gegen eine Wollmütze, wie sie die Fischer trugen. Er und sein Obermaat kletterten zur Pier hinauf, kamen anstandslos durch den Zoll und tranken in der ersten Bar am Hafen einen Weißwein, den man hier mit einer Scheibe Zitrone servierte. Dazu gab es einen Teller voll gesalzener Nüsse, gerösteter Shrimps und geräucherte Muscheln in Öl.

»Was ist das im Teig, Herr Kapitän?«

»Maultaschen. Tapas mit Fleisch.«

»Läßt sich essen.«

Der Maat kaute vorsichtig. »Gut. Zum Hierbleiben gut.«

»Nicht daran denken, Obermaat – an so was.«

Lorenz horchte herum, ob einer der Leute englisch sprach, aber es war nur der Kellner. Er fragte ihn deshalb nach Señor Monte Rosso.

»Nie gehört, Señor.«

»Ernesto Monte Rosso.«

»Meinen Sie den Radioladen, Señor?«

»Si, si, den Radioladen.«

Der lag in der Nähe.

»Die Calle hinauf, dann a sinistra.«

»Nicht rennen, nur schlendern«, wandte sich Lorenz an den Funkmaat. »Bloß nicht auffallen unter den Bummlern.«

Der Radioladen war zu. Sie verschafften sich durch Klopfen Eingang. Ein bärtiger Spanier im Alter von etwa vierzig Jahren öffnete ihnen.

»Señor Rosso?«

»Si.«

Er hatte schon alles vorbereitet. Das Material war in zwei Koffer gepackt. »Ich werde hier beobachtet«, sagte er in gebrochenem Deutsch. »Gelte als Nazi. Meine Frau stammt aus Stuttgart. Sie müssen also alleine zurück auf Ihr Schiff. Aber sehen Sie sich vor. Ich nehme an, daß Ihr Einlaufen bemerkt wurde oder die Alliierten abhorchten Ihren Funk.«

Sie machten sich sofort auf den Rückweg. Unter dem Gewicht der schweren Koffer gerieten sie in Schweiß.

Der Funkmaat, der sich immer wieder umdrehte, keuchte: »Wir werden verfolgt.«

»Unsinn«, erwiderte Lorenz, »ich sehe kein Auto.«

»Zwei Polizisten auf Fahrrädern.«

»Wie kommen Sie auf Polizisten?«

»Sie tragen diese komischen schwarzen Lackhüte und Säbel.«

An der Ecke, wo man den Gestank des brackigen Hafenwassers schon roch, begannen sie zu laufen. Die zwei Polizisten kamen näher, riefen sie an. Da es keinen Erfolg zeigte, zog einer seine Pistole und schoß zur Warnung in die Luft. Nur noch wenige hundert Meter trennten die beiden Deutschen von der Liegestelle ihres Bootes. Als sie keuchend dort ankamen, hatten die Polizisten sie eingeholt, aber ein Empfangskommando stand an der Pier, drohend die Maschinenpistolen im Anschlag. Die Matrosen übernahmen die schweren Koffer, reichten sie ihren Kameraden hinüber. Ein Pfeifensignal schrillte.

»Leinen los«, befahl der I WO, »beide Diesel langsame Fahrt.«

Während sich *U-Monsun* schon von der Kaimauer löste, sprangen die letzten Männer hinunter an Deck. Die Schrauben peitschten das Kielwasser weiß schaumig, der Abstand zur Kaimauer vergrößerte sich. Die Dieselabgaswolken stanken. Wütend hatten die Gendarmen die Fahrräder weggeworfen und schimpften hinter dem Boot her.

»Ruhig bleiben«, sagte Lorenz zu seinem I WO. »Kommandant ist an Bord. Gut gemacht, Luther.«

Noch vor Mitternacht verließen sie die Molendurchfahrt. Bei der Ansteuerungstonne tauchten sie, denn mit großer Sicherheit wurden sie draußen erwartet. Und während der Funkmaat und sein Obergefreiter die Ersatzteile einbauten und die Station wieder instand setzten, ließ Lorenz den Heimatkurs absetzen. Richtung Frankreich, quer durch die Biskaya, waren das zunächst 335 Grad.

Der I WO Luther verhielt sich so auffallend stumm und saß mit so bleierner Miene herum, daß Lorenz das Gefühl hatte, er müsse mit ihm reden. Mit großer Erleichterung ging Luther auf das Gespräch ein.

»Und was halten Sie von dem Attentat, Herr Kapitän?«

»Es verstößt gegen den Soldateneid«, erklärte Lorenz vorsichtig.

Plötzlich brach es aus dem I WO heraus: »Aber von ausgebildeten Stabsoffizieren und Spezialisten, die genügend Zeit hatten, so etwas vorzubereiten, sollte man doch erwarten, daß das auch funktioniert.«

Damit hatte sich der I WO sehr weit vorgewagt.

Vorsichtig erkundigte sich Lorenz: »Hätten Sie denn gewollt, daß es funktioniert?«

»Normalerweise bleibt man bei so einer Bombe, bis sie explodiert. In Japan gibt es Kamikazepiloten, die sich mit ihren Sprengstofflugzeugen direkt auf die amerikanischen Flugzeugträger stürzen. Der Zweck heiligt die Mittel.«

Lorenz wunderte sich. Der I WO war ihm als strammer Nazi-Offizier bekannt. Die Ereignisse mußten auch diesem Mann schwer zugesetzt haben. »Waren Sie Hitlerjunge, Luther?«

»Ich mußte, um Offizier zu werden. Mein Vater ist nur Flickschuster in einem hessischen Dorf. Er näht kaputtes Schuhwerk zusammen. Er macht einen Lederfleck auf Löcher oder nagelt einen Absatz hin, aber man kann damit wieder herumlaufen ... während das Attentat in Berlin ja wohl nicht einmal Flickschusterei war, Herr Kapitän.«

Lorenz hob andeutungsweise die Schultern. »Die Meinungen unserer Gegner darüber sind geteilt.«

Luther schien wütend zu sein. Offenbar äußerte er mehr, als er unter normalen Umständen gewagt hätte. »Die Moral unserer Gegner ist mir schleierhaft. Stalin hat zehn Millionen seiner Landsleute umgebracht. Trotzdem sind Churchill und Roosevelt mit ihm verbündet. Da spricht niemand von Massenmord.«

Lorenz sagte nur noch einen Satz: »Das waren alles keine Juden.«

Fortan herrschte Schweigen.

Im November hatten sie Gibraltar, die Einfahrt vom Atlantik ins Mittelmeer, schon weit östlich. Lorenz war froh, daß er durch die Hölle dieser Meerenge nicht hindurch mußte. Im übrigen sah es an den Fronten schlecht aus. Die Russen waren in Jugoslawien einmarschiert, in Warschau hatte es einen Aufstand gegeben, die Rote Armee überschritt die Donau bei Baya. Im Westen war es bei Arnheim zu einer großen alliierten Luftlandung gekommen. Brest war gefallen, im Raum von Aachen begannen die Kämpfe. In Lothringen traten die Alliierten zu einer Offensive an. Der Panzergeneral Patton stand im Begriff, in Metz einzumarschieren, die amerikanische Armee startete einen Durchbruchversuch an der Ruhr. Gewissen Andeutungen war zu entnehmen, daß die deutschen Armeen einen großen Angriff aus den Ardennen heraus versuchen wollten.

»Womit?« fragte Obersteuermann Sawitzky, der im Ruhrgebiet wohnte und Angst um seine Familie hatte. »Mit Mistgabeln? Doch besser, die Amerikaner überrollen uns als die Russen.«

Wie es wirklich stand, bestätigte ein Funkspruch, der Anfang September einlief. Er kam direkt vom BdU über die U-Boot-Funkstelle und lautete: »Neuer Einlaufhafen Kristiansand, Norwegen.«

»Aha«, fürchtete Obersteuermann Sawitzky, »in Südfrankreich bis runter nach Lorient sitzen offenbar schon die Amerikaner.«

Lorenz, der sich nicht auf eine Diskussion einlassen wollte, befahl ihm, den neuen Kurs abzusetzen. »Wir müssen um Irland und Schottland herumfahren. Der Ärmelkanal ist voll von englischen und amerikanischen Flotteneinheiten. Durch dieses Gedrängel kommt keiner durch.«

»Weiter Umweg?« wollte Lorenz wissen.

»1100 Meilen, Herr Kapitän.«

Lorenz ließ den Leitenden antreten. Er sollte die Tanks peilen.

Nach langer Rechnerei eröffnete ihm Harms: »Treibstoffmäßig wird es knapp. Mit Sparschaltung kommen wir vielleicht hin. Ein Diesel, eine E-Maschine.«

Lorenz, dessen Nerven auch nicht mehr die gesündesten waren, herrschte ihn an: »Wie Sie das machen, ist mir wurscht. Hauptsache, wir schaffen es – es ist unsere einzige Chance.«

Entweder war es ein Glückstag für Leutnant Peter Lorenz gewesen oder bei der Personalabteilung der Inspektion des Nordseekommandos hatte sich jemand geirrt. Jedenfalls war seine freiwillige Meldung zu den Schnellbooten in einen Kommandoordner geraten. Leutnant Peter Lorenz hatte den Marschbefehl zur 4. Schnellbootflotte der Sicherungsdivision Ärmelkanal erhalten.

Am Bahnhof von Ostende holte ihn und seinen prall gefüllten Seesack der Adjutant mit dem Flottillenopel ab. Die beiden Männer mußten sich schon einmal begegnet sein, nur konnte keiner genau sagen, wo das gewesen sein könnte.

Der Flottillenadjutant stellte sich vor: »Von Wallersdorf, Crew 6/38. Wie war die Reise?«

»Danke. Zwölf Stunden rumpeldipumpel.«

»Flugzeugangriffe?«

»Nur zweimal«

Lorenz wunderte sich nicht, einem Adligen gegenüberzustehen. Die meisten hohen Marineoffiziere reservierten für ihre Söhne Kommandos bei den Schnellbooten. Ein absoluter Vorzug. Bei dieser Eliteeinheit kam man am raschesten voran.

Auf dem Weg über den Hügel hinaus zum Kriegshafen ließ der Flottillenadjutant den Fahrer anhalten. Sie stiegen aus und gingen ein paar Schritte. Von der Anhöhe genoß man einen weiten Blick über die Stadt, die Küste, die

Werften und Piers. Wallersdorf deutete auf eine Stelle, wo Schnellboote in Dreierpäckchen nebeneinander lagen. Sie sahen weiß wie Schweinsbratwürste aus. Nur ein Boot war anders. Dicker und dunkler, möglicherweise blau.

»Was ist denn das für ein Eimer?« fragte Lorenz. »Gehört der auch zu euch?«

»Das kriegen wir später«, wich der Adjutant aus und sprach weiter: »Mit dem Einsteigen können Sie sich Zeit lassen. Sie fahren zunächst als I WO, aber heute nacht geht's nicht raus, das Wetter ist für Schnellboote ungünstig. Wir gammeln schon eine Woche herum.«

Sie fuhren wieder los. Am Kriegshafen hielt der Opel an der Pier am Ende der festgetrossten Schnellbootgruppe neben dem ein wenig anderen Schiff.

»Das ist Ihres«, erklärte der Adjutant. »S-7, ein britisches Beute-Schnellboot. Ist irgendwo einmal aufgelaufen bei Ebbe, und wir haben es reingeschleppt.«

Damit war Lorenz schlagartig alles klar. Auf dieses Beuteboot wollte keiner von den schneidigen deutschen Schnellbootleuten. Wer auf so etwas fuhr, galt gewissenmaßen als Notnagel im zweiten Glied. Lorenz betrachtete sich das dunkelblau gepönte britische Boot. Obwohl kein Schiffbausachverständiger, erkannte er den Unterschied sofort. Die deutschen Schnellboote waren aus Stahl, die englischen aus Holz.

»Sperrholz«, sagte er enttäuscht.

»Muß ja kein Nachteil sein«, meinte der Adjutant und ließ das Gepäck von Lorenz über die Stelling schaffen.

Lorenz ging also auf das leicht schwankende Deck, fand den Kommandanten in seiner Kammer, meldete sich an Bord und übergab seinen Marschbefehl. Grüßend schnarrte er: »Leutnant zur See Lorenz meldet sich auf S-7 kommandiert.«

Der Kommandant reichte ihm die Hand und bemerkte ein wenig anzüglich: »Von Lorenz?«

»Nein, ohne von. Einfach Lorenz.«

»Dann müssen Sie ja ein Genie sein.«

Der Kommandant von S-7 im Range eines Oberleutnants hieß von Weickersheim und riet seinem neuen I WO, sich erst mal mit dem Boot vertraut zu machen und dann seine vier Quadratmeter große Kammer zu beziehen. Er rief nach dem Läufer Deck und befahl: »Bringen Sie den Leutnant zum LI.«

Der Leitende von S-7 kam aus derselben Crew wie Lorenz, 9/38. Sie kannten sich. Der LI war auch kein Adliger – wie die Seeoffiziere hier –, mußte deshalb also mindestens ein erstklassiger Ingenieur sein. Hoch erfreut, Lorenz zu treffen, erklärte er ihm das Boot.

»Wir sind fast so lang wie die deutschen vom Typ S-10. Länge 32 Meter, Breite 5, Tiefe 1,20. Die Engländer bauen etwas dickarschiger, dafür gibt es mehr Komfort, Duschen, WC. Für die Offiziere je eine Kammer.«

Auf dem Schiff roch es auch anders als üblich auf deutschen Schiffen, ein wenig süßlich nach Rasierwasser. Sie kletterten hinab in den Maschinenraum. Dort stank es nach Benzin und nicht nach Diesel. Auch sahen die zwei Motoren anders aus. Mit Ventildeckeln oben und Zündkerzen.

»Wir haben zwei Rolls Royce mit 5000 PS. Auf den deutschen Booten sind es drei Daimler oder MAN mit 4000 PS«, erklärte der LI.

»Dann müßten wir ja schneller sein.«

»Ja, etwa 4 Knoten. Die deutschen Boote laufen 36,5 Knoten und wir 40. Reichweite 600 Seemeilen, also ausreichend für einen schnellen Nachtangriff.«

Daß das Boot ebenfalls zwei Torpedorohre hatte, eine 2-Zentimeter-Flak und ein Bug-MG, hatte Lorenz sofort gesehen. Wovor ihn sein Kamerad nach Ende der Führung warnte, diente wenig dazu, seine Enttäuschung zu mildern.

»Mit einem mußt du dich abfinden, Lorenz: In der ganzen Flottille gibt es nur Grafen und Baröner. Als Nicht-Adeliger gerätst du hier Schritt für Schritt in den Aggregatzustand eines Flottillenarschlochs.«

»Werd mir's merken«, sagte Lorenz.

»Nicht daß sie dich auch so behandeln, irgendwie hochnäsig oder herablassend, nein«, sagte der LI von S-7, »aber du spürst die Distanz.«

Vierundzwanzig Stunden später änderte sich das Wetter. Es blies nicht mehr so stark von Westen her, klarte auf. Noch Seegang zwei bis drei. Die Offiziere der Gruppe trafen sich am späten Nachmittag zur Befehlsausgabe beim Flottillenchef, einem Korvettenkapitän von Armin. Sie nahmen im Lageraum des Stabsgebäudes Platz, unmittelbar neben der Pier.

Der Flottillenchef begann ohne große Einleitung: »Die U-Boote im Atlantik melden Anmarsch eines Hochs. Es wird Mondnächte geben. Die Flottille unternimmt Jagdausflug in die Themsemündung.«

Das Wort Themsemündung wurde mit verhaltenen Flüchen zur Kenntnis genommen.

»Ich weiß, meine Herren, daß Sie lieber im Humber auf die Jagd gehen. Viel mehr aus- und eingehende Schiffe dort. Aber das sind mehrere hundert Seemeilen Anmarsch. Zu weit für die immer kürzer werdenden Nächte. Bis zur Themse brauchen wir nur fünfzig Minuten und keine vier Stunden. Sie werden auch dort Ihre Beute machen.«

Es gab noch Einzelheiten über ES (Erkennungssignal), Funkcodes und die spätesten Rückkehrtermine wegen Dämmerungseintritt.

Der Korvettenkapitän schaute auf die Uhr. »Uhrenvergleich: Es ist jetzt 18.10 Uhr. Auslaufen in zwanzig Minuten.«

Bei diesem ersten Einsatz auf einem Schnellboot stand Leutnant zur See Lorenz im geschlossenen Teil der Brücke neben dem Kommandanten. Als sie ihr Einsatzgebiet erreicht hatten – es war jetzt völlig dunkel und ging auf 21.30 Uhr –, passierten sie den Leuchtturm von Briggs-End. Was sie für Handelsschiffe hielten, entpuppten sich als Flußbagger, die die Fahrrinne tief hielten.

»Lohnt sich nicht«, sagte von Weickersheim. »Ein Torpedo ist viel zu kostbar für solche Kolcher.«

Sie legten sich unter Land auf Lauer, soweit es die Fahrwassertiefe und die ablaufende Flut zuließen. Auch die nächsten vier Stunden kam nichts Brauchbares vorbei.

»Die Themsemündung ist wie leergefegt«, jammerte der Kommandant. »Da traut sich keiner mehr herein, und wenn, dann nur mit stärkster Bewachung, Zerstörer oder kleine Kreuzer.«

Leutnant Lorenz kontrollierte die Berechnungen des Steuermannsgasten.

Unter Berücksichtigung von Tide, Strömung und Sonnenaufgang mußten sie zusehen, daß sie bis spätestens 4.30 Uhr wieder zu Hause an der Pier lagen.

Um 3.00 Uhr ließ der Kommandant die Maschinen warmlaufen. Sie nahmen Ostkurs, der sie ziemlich genau nach Ostende führen würde. So verlief der erste Einsatz von Leutnant Lorenz auf S-7 ohne besondere Ereignisse, ebenso verliefen auch die nächsten Nächte.

»So holen wir uns keine Orden«, fürchtete der Kommandant.

Aber jeder Einsatz machte Lorenz mehr mit der Handhabung und der Taktik eines Schnellbootes vertraut. Kaum vergingen zwei Wochen, da wurde von Weickersheim Führer einer Schnellbootgruppe. Lorenz rückte an seine Stelle. Damit hatte er die Verantwortung über achtzehn Mann Besatzung und ein Boot von 800 Tonnen aus englischem Schiffbausperrholz.

Wegen der abgegrasten Jagdgründe entschloß sich die Sicherungsdivision Ärmelkanal, das Operationsgebiet der Schnellboote nun doch wieder nach Norden in die Humbermündung zu verlegen. Das bedeutete eine völlig neue Taktik, nämlich schon einen Anmarsch von vier Stunden an der englischen Norfolk-Küste entlang bis Hull. Immerhin konnte eines der Boote einen Tanker versenken. In der zweiten Nacht der Humber-Raids traute Lorenz seinen Augen nicht: Zwei riesige Pötte passierten im Meilenabstand sein Versteck in einer der Buchten. Vermutlich ein Truppentransporter und ein Zerstörer als Begleitsicherung.

Seinem I WO, einem Grafen Soundso, der auf der Backbord-Brückennock im Freien stand, rief Lorenz zu: »Die gehören uns. Torpedos klarmachen zum Schuß ... Ich greife an. Motoren anlassen.«

Die zwei Rolls-Royce starteten sofort und liefen nahezu lautlos. S-7 preschte mit 40 Knoten direkt auf den Truppentransporter zu, schoß einen Torpedo ab und im Wegdrehen über Steuerbord einen zweiten Torpedo auf den Zerstörer. Ohne abzuwarten, ob die tödlichen Boten ihr Ziel getroffen hatten, blieb Lorenz nichts anderes übrig, als die Flucht zu ergreifen. Erst einmal mit AK raus

aus der Humber-Mündung mit Kurs 40 Grad, später auf See beidrehen Kurs Ostende 165 Grad. Die Männer starrten auf die Stoppuhren, die ihnen die Torpedolaufzeit angaben. Donner und Blitze achteraus. Jetzt brauchten sie wohl keine Furcht mehr vor den überlegenen Verfolgern zu haben. Hinter ihnen Chaos. Stichflammen, himmelhoch, rot, ohrenbetäubend.

»Zwei Treffer«, bemerkte der I WO sachlich. »Zwei auf einen Streich, den Transporter und den Zerstörer. Märchenhaft. Gratuliere.«

Der Transporter hatte mindestens 10000 Tonnen gehabt. Rückhaltlos mochte sich Lorenz nicht über seinen Sieg freuen. Er mußte auch an die Hunderte von Soldaten denken, die jetzt von ihren untergehenden Schiffen ins Meer sprangen und um ihr Leben kämpften.

Sein I WO meinte dazu: »Die Stationen an Land sind ja nahe genug. Die werden schon zu Hilfe eilen.«

Das Schnellboot S-7 erreichte seinen Heimathafen Ostende. Man hatte die Funknachricht bereits aufgefangen und entschlüsselt. Schon der erste Wehrmachtsbericht am Morgen brachte die Erfolgsmeldung in der üblichen Tonart.

»Im heldenhaften Kampf gelang es deutschen Schnellbooten, einen britischen Truppentransporter und einen Zerstörer zu versenken.«

Für die Mannschaft von S-7 bedeutete das die Auszeichnung mit dem EK I. Beim Kommandanten ging man gleich etwas weiter. Er bekam zu dem EK I das Deutsche Kreuz in Gold, das man bei der Marine nur das Spiegelei nannte. Vierundzwanzig Stunden später wurde er vom Oberbefehlshaber der Marine mit dem Ritterkreuz ausgezeichnet unter gleichzeitiger Beförderung zum Oberleutnant.

Nicht immer blieb Oberleutnant Lorenz das Soldatenglück so treu. Noch im gleichen Monat wurde sein Boot schwer von britischen Spitfires beschossen, als S-7 versuchte, den Flottillenchef von einer Schlickbank freizuschleppen, auf die er bei ablaufendem Wasser geraten war.

Im Heimathafen angelangt, bedankte sich der Flottillenchef bei ihm mit den Worten: »Machen Sie nur weiter so, Lorenz. Am Ende der Rah hängen die Admiralstreifen.«

»Ich hatte einen Toten und einen Schwerverletzten«, wandte Lorenz ein.

»Sie hatten aber auch Glück.«

»Beinah schon ein Glas zuviel.«

»Und ich hatte Glück, daß Sie zur Stelle waren.«

Mit dem Glück wurde es immer weniger, als hätte Lorenz die Flasche mit dem Glückscognac schon leergetrunken. Bei einem Raid in die Themsemündung fielen auf S-4 mit einem Schlag alle Motoren aus. S-7, das als Nachhut der Gruppe fuhr, nahm den Kameraden an den Haken und ab Clecktown on Sea in Schlepp. Zum Glück gerieten sie in Nebel, was sie für Jagdbomber unsichtbar machte. Lorenz erhielt den Befehl zum Einlaufen in die Schelde-Mündung. In der insel- und biegungsreichen Schelde mit Kurs Antwerpen brachten sie auf S-4 wieder einen der Motoren zum Laufen. Der Kommandant bedankte sich für das Abschleppen und warf die Trosse los. Doch genaugenommen nützte ihm das wenig. Da sein Boot nur mühsam gegen den Ebbstrom ankam, wurde es gegen eine Fahrwassertonne geschleudert. Es schrammte ein langes Stück daran entlang, mit schrillem Geräusch, als würde man Papier, so dick wie Blech, zerreißen. S-4 wurde vom Bug bis zum Maschinenschott aufgeschlitzt, nahm auch sofort Wasser. Binnen weniger Minuten stand die Brühe im vorderen Wohnraum der Besatzung kniehoch. Für solche Fälle lag an Deck ein Lecksegel bereit. Es wurde an Leinen, die um den Kiel liefen, heruntergezogen und festgezurrt. Eigentlich sollte das Lecksegel das Loch im Rumpf gegen eindringendes Wasser abdichten. Während der Fahrt blähte es sich jedoch vorne auf, so daß sich der Wassereinbruch noch verstärkte.

»Innen kommen wir nicht heran«, meldete der LI. »Da stehen die Kojen und Spinde vor.«

»Weghacken.«

Zu spät. S-4 bekam schon Schlagseite. Ohne sich lange mit der Flottille kurzzuschließen, fand Lorenz auf der Karte einen Seitenarm der Schelde, an dessen Ende es einen Fischerort und eine Werft gab mit dem belgischen Namen Hansweer. Dorthin schleppte Lorenz S-4, wo beide Boote bei ablaufendem Wasser auf dem Trockenen lagen. Leider klarte es auch auf. Man mußte also mit britischen Flugzeugen rechnen. Außerdem zeigten sich die belgischen Werftarbeiter nicht begierig, den Schaden an S-4 zu beheben. Schweißen konnten sie angeblich nicht. Kein Azethylengas. Sie bastelten also einen Rahmen aus Planken, den sie über der Leckage festschraubten. Kaum waren sie fertig, erschienen die Spitfires. Die feuerten, was sie in den Geräten hatten, und wurden von den zwei Flugabwehrwaffen und den MGs der Schnellboote beharkt. Die Spits richteten keinen großen Schaden an, doch hinterher kam noch eine zweimotorige Mosquito. Die warf ihre Bombe ab. Sie taumelte genau zwischen die zwei auf dem Trockenen liegenden Schnellboote. Obwohl alle in Deckung sprangen, traf einer der Splitter Oberleutnant Lorenz an der Schulter, was ein Gefühl erzeugte, als sei ihm der ganze Arm zerschmettert.

Die zwei Schnellboote erreichten abends den schützenden Hafen von Antwerpen, Oberleutnant Lorenz das Marinehospital. Dort besuchten ihn die Kameraden und der Flottillenchef.

»Noch mal Schwein gehabt, Lorenz«, scherzte der.

»Mein Vorrat an Glück und Schwein ist bald aufgebraucht, Herr Kapitän. Aber die Ärzte versichern mir, der Arm käme wieder in Ordnung. In einigen Wochen oder Monaten.«

»Vielleicht hilft Ihnen Folgendes statt Cognac und Blumen«, erklärte Kapitän von Arnim: »Sie wurden vorzeitig zum Kapitänleutnant befördert, allerdings haben Sie sich damit selbst von den Schnellbooten weggeschossen, denn es gibt keine freie Position als Gruppenchef.«

Einigermaßen mißtrauisch erkundigte sich Lorenz: »Und wo gibt es eine freie Stelle?«

»Bei einer anderen Eliteeinheit, die mindestens ebenso berühmt ist wie die unsere.«

Hoffentlich nicht bei den U-Booten, dachte Lorenz. Er haßte diese stinkenden, engen Stahlröhren.

»Bei den U-Booten«, verriet ihm der Flottillenchef prompt. »Erst U-Boot-Schule, dann Torpedoschießübung und Kommandantenlehrgang. Aber vorher Genesungsurlaub. Sind Sie verheiratet, Lorenz?«

»Verlobt.«

Der Flottillenchef nahm das silbergerahmte Bild Veras von dem Tischchen neben dem Bett. »Ah. Baroneß Vera von Lüderitz. War mit meiner Schwester ein Jahr auf dem Pensionat in der Schweiz. Klasse Familie, Klasse Frau. An Ihrer Stelle würde ich das Mädchen so schnell wie möglich an Land ziehen.«

Kaum war Kapitänleutnant Lorenz aus dem Lazarett entlassen, zog er Vera von Lüderitz sofort an Land. Telefonisch wurden alle Einzelheiten abgesprochen. Als er im oberbayerischen Traunstein das Offiziersabteil des Urlauberzuges verließ, liefen die Vorbereitungen schon. Es wurde geschlachtet, gewurstet, gekocht und gebacken. Die Einladungen an die Gäste waren verschickt, der Termin in der Kirche klar, alles bereit bis hin zu den Noten, die der Organist zu spielen hatte – etwas von Händel. Nur das Brautkleid fehlte noch.

»Eigentlich«, sagte Vera, »ist es Tradition bei uns, daß die Tochter das anzieht, was die Mutter schon zur Hochzeit trug.«

»Und die Großmutter und die Urgroßmutter«, ergänzte er. »Da sind doch ganz schön die Motten drin.«

»Die Motten nicht«, erwiderte Vera, »aber beim Umzug von Elbing hierher wurden die Stickerei und der Brokat beschädigt.«

Sie fuhren also nach München und suchten sich in der ehemals königlichen Hofschneiderei des Willibald Lomatzeder ein berauschendes Etwas aus Tüll, Atlas und Brüsseler Spitzen aus. Es kostete im Tauschwert nur einen halben Schinken und eine Speckseite, was der Nadelmeister mit Freude in Empfang nahm. Einen Tag vor der Hochzeit, ein Teil der Geladenen kam schon angereist, fuhr das Paar noch an den nahen Chiemsee, mietete sich ein Segelboot und badete. Obwohl es ein wunderschöner Tag war und Vera nichts dagegen gehabt hätte, verzichtete Lorenz darauf, die Hochzeitsnacht im Schilf vorzuziehen. Außerdem behinderte ihn sein Arm bei Freiübungen immer noch etwas. Als sie zum Gut zurückkehrten, waren endlich alle Gäste da, unter anderem auch einer im Range eines Obersten, mit Augenbinde und künstlicher Hand, den sie Graf nannten. Dann gab es noch einen bekannten General und einen älteren weißhaarigen Herrn, den sie Herr Oberbürgermeister titulierten. Er war Ex-Oberbürgermeister von Leipzig oder Dresden, so genau interessierte Lorenz das nicht.

Die Hochzeit wurde ein rauschendes Fest mit geschmückten Kutschen. Ein Kinderchor sang, der Jägerverein stieß in die Jagdhörner. Es wurde getanzt, getrunken, gegessen. Sogar die Erlaubnis für ein Feuerwerk hatte der alte Baron Lüderitz vom Landrat erhalten. Ganz entzückt zeigte Vera ihrem Ehemann in der Garage ein besonderes Hochzeitsgeschenk.

»Zehn Wehrmachtskanister mit je zwanzig Liter Benzin«, sagte sie. »Vom Grafen.«

Das Fest dehnte sich die ganze Nacht hin. Die meisten Gäste, schon vom Polterabend angeschlagen, zogen sich zurück. Nur im Rauchsalon trafen sich noch die eisenharten Burschen bei Mokka und Zigarren.

»Geradezu friedensmäßig, fast wie im Casino«, sagte der General und wandte sich an Lorenz. »Sie sind einer unserer jüngsten Ritterkreuzträger, Kapitänleutnant, und kommen jetzt zu den U-Booten.«

»Sind Sie stolz?« fragte der einäugige Graf.

»Stolz ist dumm«, antwortete Lorenz. Er fühlte sich unbehaglich.

»Über U-Boote können Sie uns noch wenig erzählen«, fürchtete der Oberbürgermeister. »Wie war das, als Sie den Zerstörer knackten?«

»Als würde man eine leere Konservendose mit dem Stiefelabsatz flachtreten«, spulte Lorenz herunter. Da er müde war und ihn das Politisieren der Männerrunde nicht interessierte – fast fielen ihm die Augen zu –, wurde er in Gnaden entlassen. Draußen auf der Terrasse schöpfte er tief Luft. Durch die geöffneten Doppeltüren bekam er leider mit, über was sie im Rauchsalon redeten. Er erfuhr eine Menge, aber das meiste gefiel ihm wenig.

»Hitler plant eine Großoffensive nach Rußland«, hörte er.

»Der Größenwahnsinnige.«

»Da wird er sich eine blutige Nase holen wie einst Napoleon.«

»In Gefangenschaft sterben die Polen zu Zehntausenden wie die Fliegen an Hunger und Ruhr. Ohne Rücksicht auf die Genfer Konvention.«

»Das sind keine Soldaten, das sind Tiere.«

»Die SS soll schon eine Million Juden umgebracht haben.«

»Wie denn?«

Eine lange Pause entstand. Drinnen wurden die Stimmen gesenkt. Nur noch gedämpftes Gemurmel. Trotzdem vernahm Lorenz etwas Ungeheuerliches.

»Man müßte diese Mörder umlegen. Und als erstes den Hauptverbrecher, diesen Herrn Oberbefehlshaber, der sich der größte Führer aller Zeiten nennt.«

Der Oberbürgermeister fügte hinzu: »Das wäre nicht Hochverrat, das wäre bestenfalls berechtigter Tyrannenmord, und der ist unter Umständen moralisch erlaubt.«

Der Graf erklärte dazu leise: »Wir sind dabei, meine Herren.«

»Wirklich?«

»Ehrenwort.«

»Wann?«

»Kann dauern. Abwarten.«

Lorenz konnte nicht fassen, was er da an Konspiration ungewollt mitbekommen hatte. Vera schritt die Steintreppen zur Terrasse hinauf und sah, wie verstört und blaß er aussah.

»Was hast du? Geht es dir schlecht?«

Mit wenigen Worten stieß er hervor, wovon er Zeuge geworden war. Sie legte ihre Hand auf seinen Mund, als wisse sie, worum es ging.

»Bitte nie und zu keinem Menschen ein Wort darüber.« Sie küßte ihn innig. »Tu's für mich.«

Er konnte nur wenig antworten. »Bitte halt dich da raus, Vera, um Gottes willen.«

»Und du?«

Er versprach ihr sein Schweigen.

»Ich habe nichts gehört«, schwor er, eilte aber immer noch wie betäubt in den Park und rauchte eine Zigarette.

Zwei Jahre war das jetzt her.

November 1944

Fremde Heimat
Und dann noch Erpressung

Öksöy Feuer an Backbord voraus.«

Ein Tag vor Advent, mit der letzten Tasse voll Dieseltreibstoff in nahezu staubtrockenen Tanks, lief *U-Monsun* nach einer Reise, die das Boot einmal um die Erde geführt hatte, in Kristiansand ein. Auf dem Marinestützpunkt an der Südküste Norwegens, gut geschützt in einem Fjord, gingen die Männer endlich wieder einmal an Land. Das Boot wurde sofort von der Werft übernommen und sollte für die nächste Feindfahrt überholt werden. Es lagen auch zwei der neuen Typ-XXI-Boote da, frontklar, die auf ihren Einsatz warteten.

Kaum hatte sich Lorenz gebadet und rasiert, kleidete er sich für das Essen in der Offiziersmesse um. Erstaunt begegnete er seinem Crew-Kameraden Markus Hummer wieder. »Dachte, du seist in Göteborg. Für dich sollte der Krieg doch zu Ende sein.«

Resignierend winkte der Ingenieuroffizier ab. »Die Wahnsinnigen haben im Irrenhaus das Kommando übernommen«, sagte er. »Ich muß zur Vollzugsmeldung nach Berlin.«

»Und worüber meldest du Vollzug?«

Markus fingerte aus seiner Brieftasche zwei Fotos.

»Vorher und nachher«, sagte er.

Das erste Foto zeigte den 18000-Tonner *Patria*, eines der schönsten Schiffe seiner Zeit, so wie es bei seinen Linienfahrten nach Südamerika ausgesehen hatte. Das andere Foto war von dem neuen Schwesterschiff. Die Konturen glichen der *Patria* aufs Haar, nur nicht die Bemalung. Sie führte kriegsmäßigen Tarnanstrich und die Zeichen eines Lazarettschiffes – großes rotes Kreuz auf weißem Grund.

»Alles stimmt«, sagte Markus. »Länge hundertachtzig Meter, Breite zweiundzwanzig, elf Querschotts und der dieselelektrische Antrieb mit sechs MAN-Dieselmotoren. 15000 PS. Das ist aber auch alles. Statt der Kabinen für dreihundertfünfzig Passagiere gibt es bedeutend weniger, dafür riesige Vorratsräume für Proviant und Treibstoff.«

»Ein Lazarettschiff?« zweifelte Lorenz, was ihm Markus kopfschüttelnd bestätigte.

»Wohl kaum. So viele schwerverletzte Nazibonzen gibt es gar nicht.«

Lorenz hatte verstanden. »Bonzen«, wiederholte er nur. »Aha.«

Die *Patria II* war also als Fluchtschiff zur Rettung der Nazi-Prominenz nach dem Tag X vorgesehen.

»Die hauen dann per Ju 58 via Oslo ab und finden schon ein Versteck in Grönland oder wo. Mit den Vorräten halten sie jahrelang durch.«

Lorenz mochte dazu wenig äußern. Das alles traf mit dem zusammen, was er in letzter Zeit von der Führung und dem ganzen Regime hielt. Später gingen sie in den nebenan liegenden Offiziersclub und betranken sich. In den nächsten Tagen flog Lorenz mit einer Ju 88 nach Berlin, wo er sich im Lager »Koralle« beim Befehlshaber der U-Boote melden sollte.

Der Großadmiral ließ sich alles bis in die letzte Einzelheit berichten. Mit markigen Worten sprach er seine Anerkennung aus. Doch bald gewann er den Eindruck, daß er keinen Hitlerjungen vor sich hatte, sondern einen aufsässigen Kommandanten. Deshalb kam er rasch zu den Tagesproblemen. Meist ging es da um Einzelheiten bei der taktischen Führung oder um U-Boot-Technik, Torpedos, Radar etc. Um so mehr erstaunte es den BdU, als Korvettenkapitän Lorenz, das mit dem Eichenlaub zum Ritterkreuz ausgezeichnete Kommandantenass seiner U-Boote, ganz privat wurde.

»Meine Frau und mein Schwiegervater sind im KZ, Herr Großadmiral.«

Dönitz schien das zu wissen und tat nicht sonderlich erstaunt. »Bei Baron Lüderitz, dem alten Sozialdemokraten, wundert mich das nicht.«

»Aber meine Frau ist hochschwanger«, unterbrach ihn Lorenz.

Mit vor Eiseskälte klirrender Stimme bemerkte der Großadmiral: »Mitgegangen, mitgehangen. Vermutlich erfolgte das alles im Zusammenhang mit dem Attentat auf unseren Führer.«

Dem wollte Lorenz nichts mehr hinzufügen. Er sagte nur: »Bei allem, was ich bisher für Volk und Vaterland geleistet habe, Herr Großadmiral, ist dies nicht dazu angetan, meine Einsatzfreude zu beflügeln. Ich protestiere.«

»Will sehen, was ich für Sie tun kann«, bemerkte der Großadmiral ziemlich nebenhin und wurde dann wieder dienstlich. »Ihren nächsten Einsatz betreffend wird Sie mein Erster Generalstabsoffizier, Kapitän zur See Witzleben, unterrichten.«

Als hätte er darauf gewartet, seinen Admiral aus der unangenehmen Lage zu befreien, erschien der stramme Witzleben im Büro des BdU. Er packte Lorenz beim Ellbogen, bugsierte ihn in den Lageraum, der merkwürdigerweise verdunkelt war. Man hatte die Vorhänge zugezogen und eine Leinwand heruntergerollt. Kaum hatten sie sich gesetzt, drückte der I A auf mehrere Knöpfe. Ein zum Teil unscharfer Film begann zu laufen.

Zu den Bildern, die eine schnittig flotte Hochseeyacht in edlem Weiß mit großer Brücke und zwei Schornsteinen zeigte, erläuterte Witzleben: »Den Film hat erst kürzlich einer unserer Agenten aufgenommen. Sie zeigt die amerikanische Yacht *Potomac*, Stapellauf Juni 34, auf einer Werft in Wisconsin. Die Angaben jetzt in Zoll und Fuß. Länge 165, Breite 23, Verdrängung 416 Tonnen. Die *Potomac* diente erst dem staatlichen Küstenschutz und wurde ein Jahr später von der US-Navy übernommen. Seitdem benutzt sie – man höre und staune – Präsident Franklin Delano Roosevelt zur Entspannung. Er verbrachte und verbringt viele Stunden auf dem Fluß und der nahen Chesapeake Bay. Um dem Druck in Washington zu entgehen, tut er das oft. Auch wegen des viel besseren Klimas auf See. Gelegentlich bringt die *Potomac* ihn und Frau Gemahlin zu Kreuzfahrten nach Florida und den Bahamas. Sonst liegt sie vertäut und schwer bewacht am Jack London Kai.«

Der Film war zu Ende. Das Licht ging an, die Vorhänge surrten auf. Draußen nebelte ein grauer Wintertag. Die Leinwand wurde eingerollt.

Der Kapitän gab noch einige Döhnkes zum besten: »Die erste Dame in Amerika, Eleanor Roosevelt, schätzt die *Potomac* nicht sonderlich, obwohl sie ihren siebenundfünfzigsten Geburtstag an Bord feierte. Sie nennt das Schiff nur das ›bewegliche Weiße Haus‹ meines Mannes. Zu erwähnen vielleicht auch, daß selbst King Georg aus England, Königin Wilhelmina der Niederlande und der schwedische König dort zu Gast waren. Interessant vielleicht noch, daß der zweite Schornstein gar kein Schornstein ist. Wie wir alle wissen, leidet Roosevelt ja unter Poliomelitis. Einer der Schornsteine ist hohl. Dafür wurde ein Aufzug eingebaut, der den Präsidenten im Rollstuhl von der Kabine zur Brücke bringt. Da er immer noch sehr kräftig ist, läßt er es sich nicht nehmen, den Lift vom Salon an Deck per Handkurbel zu bewegen. Danke fürs Zuhören«, sagte der Kapitän abrupt. »Den Rest erfahren Sie vom BdU.«

Nun rückte der Großadmiral mit der Hauptsache heraus.

»Der Führer«, behauptete er, »ist ein fairer Gegner, der dasselbe von seinen Feinden erwartet. Nun glaubt man in Berlin, Beweise in der Hand zu haben, daß das Attentat von Rastenburg direkt auf die Amerikaner und Roosevelt zurückgeht. Das hat ihn sehr verbittert. Nun will unser Oberbefehlshaber Gleiches mit Gleichem vergelten. Sicher wissen Sie, Lorenz, daß unser geplanter Entlastungsangriff in den Ardennen fehlgeschlagen ist. Wie der Canaris-Geheimdienst nun ermittelte, wollen sich die großen Führer der Alliierten, Roosevelt, Churchill und Stalin, treffen, um über das von ihnen gewünschte Ende Deutschlands zu befinden, also den Kuchen aufzuteilen, den sie gar nicht haben und auch nicht kriegen werden. Da Stalin kein Flugzeug besteigt, wird das Treffen wohl an einem Ort stattfinden, den er mit seinem Salonzug erreichen kann – vermutlich auf der Krim, möglicherweise in dem Luxusbadeort Jalta. Es ist nicht nur ein Herzenswunsch unseres Oberbefehlshabers, sondern auch eine strategische Notwendigkeit, daß die Alliierten ihre Pläne ändern. Das bedeutet, daß die *Potomac* mit dem US-Präsidenten an Bord versenkt werden muß. Den nächsten Auslauftermin, zu dem sich Roosevelt an Bord erholt, erfahren wir von unserem Agenten vor Ort. Übernehmen

Sie diese Operation, Lorenz, Sie bekommen ein neues Typ-XXI-Boot.«

»Lieber wäre mir das alte IX-D mit meiner eingefahrenen Besatzung. Sofern ich diesen Geheimauftrag zu übernehmen überhaupt in der Lage bin.«

Der Admiral hob ruckartig sein Kinn. »Und was sollte Sie daran hindern?«

Lorenz sagte es ihm offen. Worauf sollte er noch Rücksicht nehmen.

»Die Sorge um meine Familie«, antwortete er.

»Ich werde mich darum kümmern«, erklärte der Großadmiral noch eimal. »Mein Ehrenwort.«

Lorenz wußte, wie er sich auf solche Zusagen bei diesen Leuten verlassen konnte. Selbst an Dönitz begann er zu zweifeln.

»Sie übernehmen also«, setzte Dönitz voraus, »Auslauf binnen achtundvierzig Stunden. Codewort wie gehabt: Nusnom.«

Kreidebleich bis zu den Haarwurzeln, salutierte Lorenz. Nicht mit dem Hitlergruß, wie er seit dem Attentat eingeführt worden war, sondern auf alte Marineart durch Anlegen der rechten Hand an den Mützenschirm. Ihm war schwindelig. Doch brachte er noch eine korrekte Kehrtwendung fertig, ohne zu stürzen.

Februar 1945

AUF BEWÄHRUNG
GNADENFRIST

Im Dunkel der Nacht schimmerte das U-Boot wie ein schwarzer Riesenfisch von zweitausend Tonnen Gewicht. Die Leinen wurden losgeworfen, klatschten ins Wasser. Lautlos entfernte sich das U-Boot von der Pier und lief hinaus in den Fjord. Nur die Heckstrudel verrieten, daß die E-Maschinen liefen. Das Boot steuerte die Mitte des Fjords an, wo es keine Fahrwasseruntiefen gab. Noch in der Dunkelheit erreichte es die Ansteuerungstonne. Von hier ab begann schon die Gefährdung durch gegnerische Radaraufklärung. Korvettenkapitän Lorenz ließ tauchen. Kaum war das Boot auf vierzig Meter Tiefe, getrimmt und auf ebenem Kiel, rief er die Besatzung in der Zentrale zusammen. Er konnte die kurze Ansprache auch über Bordlautsprecher halten, aber er wollte seinen Männern in die Augen sehen.

»Herrschaften«, begann er, »um allen Gerüchten entgegenzutreten, möchte ich hiermit Folgendes bestätigen: Es geht nach Amerika. Wir müssen auf Umwegen über den Atlantik schleichen und in einer Bucht der US-Westküste ein bestimmtes Schiff erwarten und es versenken. Die Operation ist von kriegsentscheidender Bedeutung. Ich hoffe, daß ich mich auf euch verlassen kann wie immer. Ende der Durchsage.«

Die Männer wurden wieder auf ihre Stationen entlassen. Bis Eintritt der späten Dämmerung ließ Lorenz noch einmal auftauchen.

»Ein Diesel«, forderte er an, »große Fahrt. BB-Diesel volle Batterieladung.«

Die erste Morgenwache zog auf. Ihr war ans Herz gelegt, bei Sichtung von jeder Art Flugzeug sofort Alarm zu geben. An den Dieseln wurde Öl vorgepumpt, damit die Lager sofort Schmierung hatten. Dann Anlassen mit Preßluft. Erst liefen die Motoren unrund, wenig später völlig normal ohne große Vibrationen. Der Kommandant ließ klarmachen für Schnorchelfahrt und besprach sich dann mit dem Obersteuermann.

»Setzen Sie Kurs ab, Sawitzky. Großkreisroute nördlich um Island herum, weiter Dänemarkstraße, Kap Farewell, Neufundland. Unser Ziel liegt auf etwa 60 West, 40 Nord.«

Als einer der wenigen wußte Obersteuermann Sawitzky, daß es in die Chesapeake Bay ging, so nahe wie möglich an Washington heran. Denn er hatte die Seekarten bereitlegen müssen und darin mit Zirkel und Lineal vorgearbeitet.

»3700 Seemeilen. Gut zehn Tage Marschfahrt, wenn nichts dazwischenkommt, Herr Kapitän.«

Der Zentralemaat, der den letzten Satz des Obersteuermanns aufgeschnappt hatte, sagte zu dem Tiefenrudergänger: »Wenn nichts dazwischenkommt. ›Wenn nichts dazwischenkommt‹, sagte die Dame zu dem Herrn, ›gehn wir heute abend ins Kino.‹«

»Was soll schon dazwischenkommen.«

»Idiot, Mann.«

»Du Sau«, sagte der Tiefenrudergänger.

Beim Frühstück in der O-Messe – es gab das übliche Rührei, das der Smut mit kleinen Scheiben von Wiener Würstchen verfeinert hatte – drehte sich das Gespräch um den Einsatz.

Der I WO, stramm wie immer, stellte fest: »Wir sind also eine Art Geheimwaffe.«

Und der II WO, der es immer lockerer nahm, fügte hinzu: »Geheimwaffen sind die V1 und die V2. Hoch über uns orgelt die Flügelbombe gegen Engeland.«

Der Leitende sah das skeptischer. »Die V2 sind grade so schnell wie eine Spitfire. Die englischen Jägerpiloten machen sich ein sportliches Vergnügen daraus, sie abzuschießen.«

»Aber die V1 steigt senkrecht hoch und kommt senkrecht herunter. Die erwischen sie nicht.«

»Dafür trifft sie auch kaum ihr vorgegebenes Ziel. Hat nur so viel Sprengstoff an Bord wie ein paar Handgranaten.«

Der II WO Trippel nahm einen Schluck heißen Tee, wischte sich das Ei aus dem Mundwinkel und fügte hinzu: »Zielgenauigkeit wie die österreichische Artillerie: Treffen dan's nix, aber die moralische Wirkung ist eine ungeheure.«

So ging es weiter.

»Die Japse packen Jäger voll Sprengstoff. Kamikaze, Selbstmordpiloten, stürzen sich mit den Zeros auf Träger – wumm.«

»Fehlt nur, daß man das auch von uns noch fordert.«

»U-Boote können nicht fliegen.«

»Nur rammen.«

Jede halbe Stunde ließ Lorenz die Diesel- und E-Maschinen abstellen zum sogenannten Rundhorchen.

Der Maat meldete unter Kopfhörern: »Peilung in 70 Grad, vermutlich Turbinen, Geräusch wird schwächer, nimmt ab.«

Trotzdem befahl Lorenz der Wache: »Einsteigen, tauchen, klarmachen zum Schnorcheln.«

Die Leitungen zu und von den Dieseln wurden entwässert, der Schnorchel hochgefahren. Dann sprangen die Diesel wieder an. In der Zentrale mußte jetzt präzise gesteuert werden, damit das Schwimmerventil am Schnorchelkopf nicht so oft zumachte und die Diesel ihre Luft aus dem Boot ansaugten. Dabei kam es oft zu Druckunterschieden bis zweihundert Millibar. Die schlugen nicht nur aufs Trommelfell, sondern auf den ganzen Brustkasten und den Kreislauf.

Das Boot schnitt unter. Die See war ruhig, abgesehen von einer langen Dünung. Wie meistens bei Schnorchelfahrt saß der Leitende zwischen den Tiefenrudergängern, die ihre Handballen an den Schaltknöpfen hatten. Am Feintiefenmesser, dem Papenberg, gab es eine Schnorchelmarkierung – zwei weiße Klebestreifen. Dort sollte sich die Papenberganzeige nach Möglichkeit immer bewegen. Der Zentralemaat hockte gebeugt über seinen Flutverteilerventilen. Grade bei Schnorchelfahrt mußte das Boot immer auf ebenem Kiel gehalten werden.

Der Funkgefreite lehnte beim Kugelschott und grinste. »Nach Amerika wollte ich immer mal.« Er strich sich über die pomadisierten Haare. »Nach Hollywood.«

»Hollywood liegt auf der anderen Seite, in Kalifornien, du Depp.«

»Muß ja nicht Schauspieler werden, Mann.«

»Was dann?«

»Wollte schon immer mal der Filmschauspielerin Greta Gabor beim Pissen zusehen im Sande in der Prärie.«

»Du bist nicht nur blöd, sondern ein Schwein«, sagte der Zentralemaat angeekelt. »Erstens heißt die Dame Greta Garbo, zweitens pissen Damen nicht, sondern pinkeln bestenfalls. Drittens wird sie nicht vor deinen Augen pissen. Viertens macht man so was nicht.«

Der Funkgefreite verteidigte sich. »Hab' von einer Rundfrage bei der amerikanischen Marine gelesen. Sechzig Prozent würden zu Fuß sogar bis zu fünfzig Meilen dahin marschieren, wo Greta Gabor hingepinkelt hat. Von den Offizieren sogar fünfundsiebzig Prozent.«

»Na ja, die Amis. Die erfahren ja erst in der Hochzeitsnacht, daß Frauen einen Hintern haben.«

»Schluß mit Palaver!« rief der I WO.

Der Horcher meldete die Begegnung mit einer Reihe schnellaufender Frachter.

Der Kommandant ließ den Kurs ändern. »Zehn Grad abfallen.«

»Liegt an.«

»Wir dürfen hier unter keinen Umständen gesichtet werden. Jeder würde sich fragen, was macht ein deutsches U-Boot mit Island-Kurs.«

»Aber schön wäre es doch«, meinte der I WO, »da mal aufzuräumen. Die haben doch Lastwagen, Benzin und Munition für Rußland an Bord. Mann, wäre das eine Beute, fett wie die dicke Frau Baumann!«

Sie bekamen noch Radio-Empfang durch die neuartige Antenne auf dem Schnorchelkopf. Normalerweise drangen Mittel- und Kurzwellenstrahlen nicht bis auf fünfzehn Meter Tiefe durch das Wasser. Obwohl der Wehrmachtsbericht geschönt war, klang das, was der Sprecher zu sagen hatte, nicht so, daß es zu Freudenausbrüchen geführt hätte. An der Oder begann die sowjetische Offensive. Breslau war eingeschlossen. An der Westfront am Rhein sah es nicht besser aus. Bei Remagen überschritten die Alliierten den Fluß. Köln stand kurz vor der Einnahme.

Einmal in der Nacht, so Mitte Februar herum, fuhren sie aufgetaucht ohne Schnorchel, mit Dieseln. Der Obersteuermann nahm gerade die Nordsternbreite – er hatte immer gern den genauen Standort –, da glaubten die Männer, Motorengeräusche zu hören. Vermutlich kamen sie von einem dieser langsamen, trägen Flugboote, die mit Radar das Meer absuchten. Lorenz ließ alarmtauchen.

»Der hat uns bestimmt geortet«, fürchtete er.

Das bestätigte sich von Tagesbeginn an. In der Nähe des Bootes trieben sich immer mehr Bewacher und U-Jäger herum, die ziemlich aufgeregt die See kreuzten. Hin und her, vor und zurück.

»Setzen Sie den Kurs weiter nach Norden ab«, befahl Lorenz dem Obersteuermann.

Die Lage von *U-Monsun* verbesserte sich dadurch nicht, denn das Boot geriet in Treibeis.

»Normalerweise soll bei Treibeis nicht geschnorchelt werden«, wandte sich der I WO an den Kommandanten.

Der blickte den Oberleutnant, der dafür bekannt war, daß er alle Dienstvorschriften auswendig kannte, nur mitleidig an. »Habe schon mal davon gehört. Aber wissen Sie etwas Besseres?«

»Im Moment nicht, Herr Kapitän.«

U-Monsun lief mit Schnorchelfahrt neun Knoten. Die Eisschollen donnerten und rumsten gegen den Rumpf. Der stählerne Hohlkörper gab das Geräusch weiter, als säße man in einer Kesselpauke.

Besorgt wandte sich der LI an den Kommandanten: »Wenn hier eine genügend große Scholle vorbeikommt, kann sie uns den Luftmast abknicken.«

»Kann«, schränkte Lorenz ein, »muß aber nicht.«

Doch wie immer passierte das Unerwartete. In der Nacht gab es einen dumpfen Schlag, und die laufenden

Diesel saugten Luft aus dem Boot. Der Druck stieg bis vierhundert Millibar. Das stach in den Trommelfellen wie Dolche. Sofort ließ Lorenz auf E-Maschinen umschalten.

»Irgend etwas muß das Schwimmerventil zum Verklemmen gebracht haben«

Der LI entrollte die technischen Zeichnungen des Schnorchels und nickte mehrmals: »Eis«, sagte er. »Eis schmilzt wieder ab. Schlimmm ist es, falls die Schwimmerachse verbogen ist.«

Der Kommandant stieg zum Turm hinauf, setzte sich innen auf den Sehrohrsessel und fuhr einmal mit dem Luftzielsehrohr im Kreis herum. Man konnte damit den Schnorchelkopf einsehen. Voll Entsetzen bemerkte Lorenz, daß der Schnorchel wie ein aufgerissenes Maul eine Eisplatte zwischen den Kiefern hatte. Durch bestimmte Fahrmanöver versuchte er, das Eis herauszubekommen. Doch wie er auch auf Tiefe ging, Geschwindigkeit und den Kurs änderte, es war nicht möglich. Der Defekt blieb.

»Schöne Bescherung.« Der II WO seufzte. »Wir können praktisch umkehren.«

»Ohne Schnorchel kommen wir durch diese Mahalla nie durch«, ergänzte der I WO.

Nach kurzem Nachdenken entschied Lorenz anders: »Früher ging's auch. Die alten VII-C-Boote hatten keine Schnorchel.«

Er traf diese Entscheidung aus vielerlei Gründen. Nur er allein wußte, um was es auch für ihn ging, nämlich daß sie die Operation erfolgreich durchführten, damit seine Familie aus den Mörderkrallen der SS befreit wurde. Bis zum Abend wurde der Batteriestrom knapp.

»Noch ein paar Ampere«, meldete der LI. »Für fünfzehn Minuten.«

»Auftauchen«, befahl Lorenz und wandte sich an den LI. »Sehen Sie mal zu, was Sie am Schnorchel machen können, Harms.«

Der Leitende sortierte den besten affenartigen Kletterer aus seiner Crew, der hoch mußte. Der Maat meldete nach unten, was er feststellte. Das Eis war weg, aber das Schwimmerventil ließ sich auch mit Hammerschlägen nicht bewegen.

Lorenz besprach sich mit dem Leitenden, und der kam zu dem traurigen Ergebnis: »Die Achse ist entweder verbogen oder gebrochen, Herr Kapitän«, meldete er.

»Ist mit Bordmitteln was zu machen, Harms?«

»Nicht bei diesem Seegang und dieser Kälte.«

Lorenz blieb jedoch bei seiner Entscheidung. »Muß eben ohne Schnorchel gehen, früher ging's auch.«

Sie mußten ihre Taktik ändern: nachts aufgetaucht Batterie laden, tagsüber mit höchstens zwei oder drei Knoten Fahrt auf Tiefe bleiben, so daß sich das Boot grade noch steuern ließ und die Batterie bis zur Dunkelheit nicht völlig leer wurde.

»Verdoppelt die Gesamtfahrtdauer um mindestens …«, setzte der Obersteuermann an.

»Ja, um zehn Jahre.«

Lorenz mußte es hinnehmen. Er konnte im Augenblick nichts ändern. Immerhin konnte man jetzt schon die amerikanischen Provinzsender hören. So erfuhren die Männer, daß sich die Führer der Alliierten, Roosevelt, Churchill und Stalin, bei der Jalta-Konferenz auf der Krim geeinigt hätten. Niemals wollten sie einen Waffenstillstand mit den Deutschen eingehen. Für sie gab es nur totale Kapitulation, Zerschlagung des Gegners.

Weiter hinkte U-Lorenz seinem Zeitplan hinterher.

Über Kurzwelle hatte er ein mehrmals verschlüsseltes Gekados erhalten. Ein Canaris-Agent in Washington hatte erfahren, daß Präsident Roosevelt nach seiner Rückkehr aus Jalta nach New Mexico fahren wollte, um dort dem ersten Test einer neuen Bombe beizuwohnen. Da er Flugreisen kaum noch vertrug, beabsichtigte er, auf seiner Staatsyacht, der *Potomac*, aus der Bay heraus an der Küste entlang nach Süden zu fahren, um Florida herum durch den Golf von Mexiko, so nahe wie möglich an das Testgebiet bei Los Alamos. Am Kartentisch rechneten und rechneten sie.

»Das ist in wenigen Tagen«, sagte Lorenz.

»Wir sollten eigentlich schon dort sein.«

So beschloß Lorenz, volles Risiko einzugehen. Er lief nicht nördlich um Island herum in die Dänemarkstraße ein, sondern auf kürzestem Weg auf die Südspitze von Grönland zu. Sein Glück war, daß der Schiffsverkehr immer mehr zunahm. Er erreichte hier fast friedensmäßige Ausmaße. So konnte sich *U-Monsun* bei nächtlicher Dieselfahrt über Wasser wie ein Schattenspringer zwischen den vielen Objekten verstecken. Die Nächte waren zum Glück noch sehr lang, im Schnitt von achtzehn Uhr Ortszeit bis acht Uhr morgens, also vierzehn Stunden Dunkelheit. Den Dieseln wurde Höchstfahrt abgefordert. Bei Tauchfahrt am Tag waren die Batterien praktisch immer fast leer. Zu Lorenz' Erleichterung traf ein Funk aus Berlin ein, daß R. (Roosevelt) nicht vor dem 29. März die Reise antreten wolle. Sein Gesundheitszustand habe sich durch den Flug nach Rußland sehr verschlechtert.

Am Kartentisch von *U-Monsun* stellten sie eine neue Rechnung auf. Voll Optimismus meinte der Obersteuermann: »So schaffen wir das knapp mal eben.«

Mehrmals entgingen sie der Flugzeugortung nur durch

Alarmtauchen, bis Lorenz sich dafür entschied, bei Dunkelheit nicht mehr zu tauchen.

»Ein U-Boot-Kielwasser ist kaum zu erkennen. Es fluoresziert nur in warmen Gewässern. Im Golfstrom sind wir ja noch nicht. Die sollen uns, verdammt noch mal, für einen kanadischen Fischdampfer halten.«

»Bitte schön«, setzte einer hinzu.

Die List gelang. Lorenz tat es nicht für den Oberbefehlshaber und den Großadmiral, deren Bilder den Männern immer beim Essen in der Messe zusahen. Er tat es für sich und für die Sicherheit seiner Besatzung.

Einmal vernahmen sie ein völlig neuartiges Geräusch. Es kam nicht aus dem Boot, sondern von draußen. Es handelte sich auch nicht um einen Radar- oder Asdic-Impuls. Lorenz besprach sich mit dem Horcher.

»Möglicherweise eine neue Form von Ortung«, meinte der.

Gleichzeitig meldete der Ausguck: »Minensuchboot in dreizehn Uhr. Vermutlich Einläufer.«

Lorenz ließ die Diesel abstellen. »Wir versuchen, uns mit E-Maschine leise davonzumogeln.«

Aber die Batterie war fast leer, hatte nur noch wenige Ampere in den Zellen. *U-Monsun* mußte auftauchen. Doch dann würde der Feind sie haben. Kaum hatte der Diesel eine Stunde geladen, drückten feindliche U-Boot-Jäger sie wieder unter Wasser. Sie hörten das nervenzerstörende Ping-ping des Asdic.

»Schokolade fur den Alten!«

»Nein, danke.«

Schon kamen die Wasserbomben serienweise. Schüttelte die Beute durch, daß den Männern Hören und Sehen verging. Gellendes Bersten, Dröhnen, Schläge wie von Schmiedehämmern.

»Achtzig Meter ... hundertzwanzig Grad steuern«, befahl Lorenz.

Der Seitenrudergänger drückte seinen Knopf. Das Boot bewegte sich und legte sich spürbar auf die Seite.

»Was läuft jetzt durch?« wollte Lorenz wissen.

»Hundertzehn Grad.«

»Hart Backbord.« Neues Komando. »Auf hundertfünfzig Meter sinken.«

Noch lief alles wie am Schnürchen, auch wenn das Boot von den Wasserbomben geschüttelt wurde und immer wieder das Licht ausfiel. Als es wieder brannte und das Schraubengeräusch der Bewacher sich zu entfernen schien, sah Lorenz, wie das Maschinenpersonal Vierkanthölzer vom Bugraum nach achtern schleppte.

»Was ist los? Bitte um Meldung!« herrschte er den LI an.

»Den BB-Diesel hat es im Fundament erwischt. Muß abgestützt werden. Die Wasserbomben.«

»Was sonst wohl – Wattebällchen? Noch andere Schäden?«

»Hauptlenzpumpe unklar. Wassereinbruch. Hilfslenz zu schwach.«

Außerdem hämmerte der Zentralemaat gegen das Flutklappengestänge, das durch das Boot lief. Es war ein gellendes Dröhnen.

»Teufel, muß das jetzt sein?« fluchte Lorenz.

»Gestänge hakt, Herr Kapitän.«

»Das hört man ja bis nach New York.«

Sie brachten das Gestänge wieder in Ordnung, aber dann kamen neue Wasserbomben. So eine Wasserbombe sank pro Sekunde drei Meter abwärts. Die Detonation der Serien schien sie wieder hochzuschleudern. Ein Horror, der sich auf die Därme und auf den Magen der Männer legte. Die zwei WCs konnten nicht benutzt werden, weil die Pumpe zu laut arbeitete. Wer es nicht mehr halten konnte, ging auf die Pütts, irgendeinen der Blecheimer.

»Mieft wie in einem römischen Urinal.«

»Die standen im Freien.«

Nach stundenlanger Wasserbombenverfolgung kamen sie dann doch noch durch.

Anerkennend bemerkte Lorenz: »Was ein Boot braucht, ist: ein guter Zentralemaat, ein guter Obermaschinist und ein guter Obersteuermann. Die machen das dann schon.« Seine Kehle war trocken und rauh wie Putzwolle. Er nahm einen Schluck Apfelsaft aus der Flasche. Es sah so aus, als hätten sie das Schlimmste hinter sich. Lorenz schaute auf die Uhr und wandte sich an den Obersteuermann: »Mondstand? Haben wir Mond?«

»Noch nicht.«

Der LI gab leise murmelnd seinen Schadensbericht: »Beide Sehrohre unklar. Angriff- und Luftzielsehrohr, Kreiselanlage unklar. Ein Schraubenlager läuft heiß.«

»Kriegen Sie das mit Bordmitteln hin?«

»Wenn die Welle nicht verbogen ist.« Und dann setzte der LI noch hinzu: »Kupplung auch unklar.«

Sie wurden unterbrochen, denn das Gesicht des Kochs erschien im Kugelschott.

»Es ist aufgebackt«, meldete er.

Eigentlich hatte niemand großen Hunger. Es ging jetzt um Kopf und Kragen.

Doch dann erschien der Zentralemaat und machte eine völlig unerwartete Meldung. Dabei wandte er sich an den LI: »Könnte es sein, Herr Oberleutnant, daß sich der Schnorchelkopf selbst repariert hat?«

»Bei Gott und der unchristlichen Seefahrt ist alles möglich«, meinte der II WO.

»Da läuft luftmäßig also wieder etwas.«

Da sie jetzt aus dem Schlimmsten heraus waren und die Hoffnung bestand, die Operation doch noch durchzuführen, begriff der Kommandant, daß von ihm jetzt Führung verlangt wurde.

Alles hing an seinen Lippen, als er befahl: »Die halten uns für versenkt. Setzen Sie Kurs Philadelphia ab, Obersteuermann.«

Februar 1945

Das lange Warten
Letzter Versuch
Ladehemmung
Wer kann, kann nicht immer

Drei Tage später und vierhundert Meilen südwestlich erkannte der Kommandant in der Morgendämmerung beim Sehrohrrundblick ein Schiff. Es fuhr nicht, warf also keine Bugwelle, sah aus, als sei es verankert. Erst ließ er den I WO, dann den Obersteuermann ans Okular.

Der erfahrene Sawitzky sagte: »Das ist das Feuerschiff von Kap Charles.«

»Also Chesapeake Bay.«

Sie standen unmittelbar vor dem Ziel. Ihre Batterien waren voll. Lorenz ließ auf Ostkurs drehen, umrundete das Kap, lief mit zweihundertsechzig Kompaßgrad hinein in die Bay und in die Flußmündung auf Washington zu. Alle dreißig Minuten ließ Lorenz rundhorchen. Die große amerikanische Marinebasis Norfolk lag in unmittelbarer Nähe auf der anderen Küstenseite. Da herrschte immer Wuling.

Mit dem Steuermann tief über die Seekarten und Handbücher gebückt, gab er eine klare Anordnung: »Durch das Feuerschiff haben Sie einen exzellenten Standort, Sawitzky. Jetzt müssen wir tief in die Bay hinein. Koppeln Sie alternativ für ein oder zwei Fahrwasserwege durch. Dann möchte ich genaue Angaben über die Gezeiten, Tidenhub, die Beschaffenheit des Grundes und die Strömung nahe der Flußmündung.«

Der Obersteuermann konnte sich denken, um was es

dem Kommandanten ging. Der wollte sich an geeigneter Stelle auf Grund legen. Es durfte aber nicht allzu tief sein, maximal zwanzig Meter, damit sie den Luftmast benutzen konnten und es möglich war, per Sehrohr-Rundblick den Schiffsverkehr unter Kontrolle zu halten. Auch die Ebbe durfte sie nicht enttarnen.

In der Nacht entschlüsselten sie noch einen Funkspruch. Er besagte, daß die Staatsyacht des amerikanischen Präsidenten klar zum Auslaufen sei. Mit Beginn der Reise war in den nächsten achtundviertzig Stunden zu rechnen.

»Der schippert natürlich nicht allein durch die Gegend«, vermutete der II WO besorgt.

»Der wird mindestens von Zerstörern und U-Boot-Jägern begleitet. Patrouillenflugzeuge haben vorher die Reiseroute abgekehrt.«

»Da müssen wir ein starkes bißchen aufpassen.«

Lorenz dachte wieder einmal dreidimensional. »Dieser feudalen Gruppe fährt natürlich ein großes Minenräumkommando voraus, um den Weg frei zu machen. Wenn die Minenräumer kommen, dann dauert es nicht mehr lange.«

»Wie der Parfümduft, der einer schönen Frau vorausgeht, ehe sie an dir vorüberschreitet«, bemerkte Leutnant Trippel.

Das Boot lag auf sechsunddreißig Meter Tiefe in weichkiesigem Grund. Bei Ebbe hatten sie kaum zwölf Meter Wasser über dem Schnorchelkopf.

»Gefällt mir gar nicht«, sagte Lorenz immer wieder zum Obersteuermann. »Wir können uns nicht verkrümeln. Gerade das Tieftauchen ist unsere Chance.«

»Dauert ja nicht mehr lange«, erwiderte Sawitzky, wobei nicht klar zu erkennen war, ob er die Tage meinte, bis die *Potomac* an *U-Monsun* vorbeirauschte, oder den Lärm im Boot.

Mit Bordmitteln wurde das Nötigste durchrepariert. Dabei ging es so laut zu, daß kein vorbeifahrender Fischkutter es überhören konnte.

Die Hauptsorge des Leitenden galt dem Schnorchel. Warum hatte er erst geklemmt und ging jetzt wieder frei? *U-Monsun* tauchte nachts auf, um die Batterie immer auf vollem Ladestand zu halten. Bei eingefahrenem Luftmast zerlegten sie das Schwimmerventil. Es saß am Ende des Zuluftrohres, während der Dieselauspuff im zweiten Rohr etwa hundertfünfzig Zentimeter darunter endete. Es war mühsam, das schwere Teil zu demontieren, aber schließlich schlugen sie die Schwimmerventilwelle heraus und das in zwei Teilen.

Der LI betrachtete die Enden genau, ehe er urteilte: »Erst wurde sie gestaucht, so hing das Ventil fest. Dann ist die Welle gebrochen, und das Ventil arbeitete wieder. Handelt sich um einen Gußfehler. Wir können von Glück reden, daß wir nicht den ganzen Klapperatismus verloren haben.«

Das Teil wurde geschweißt, geschliffen und wieder eingebaut.

»Hält das auch?« erkundigte sich Korvettenkapitän Lorenz mißtrauisch.

»Bis nach Hause«, versprach der LI, »garantiert.«

»Und womit wollen Sie das garantieren, Harms?«

Am Morgen lag das Boot wieder auf Grund.

Der Funkmaat trat aus seinem Schapp. »Kontaktzeit, Herr Kapitän. Was melde ich dem BdU?«

»Funken Sie: Bereit zum Angriff. KaB – Klarstand an Bord.«

Die Zeit des Wartens zermürbte sie. Lorenz verholte das Boot weiter nordwärts hinein in die Bay. Dort hatten sie eine Tiefenrinne von sechzig Metern ausfindig gemacht.

Konzentriert saß der Horcher vor seinem Gerät. Kopfhörer auf den Ohren, lauschte er ständig herum. Auf dem Bordkalender hing das Blatt vom 8. April.

In den frühen Morgenstunden meldete er: »Sie kommen, Herr Korvettenkapitän, eine ganze Flotte. Diesel und Turbinen.«

Lorenz übernahm den zweiten Hörer. Auch er konnte die Geräusche genau unterscheiden. Die Turbinen der Zerstörer, die Kolbenmotoren der übrigen Begleitfahrzeuge.

»Es ist soweit ... klarmachen zum Angriff ... vordere Torpedorohre bewässern und Klappen auf. Vorsichtig anblasen.«

Die kleine Flotte, die sich da heranbewegte, nahm ziemlich genau Kurs auf ihre Position, lief etwa zwölf bis fünfzehn Knoten und würde spätestens in einer Stunde passieren. Zunächst sah alles nach einem schulmäßigen Angriff aus. Doch als sie näherkamen, nahm Lorenz noch einen letzten Rundblick durch das Angriff-Sehrohr. Was er sah, erzeugte bei ihm gemischte Gefühle.

»Wie ein aufgestelltes Kegelspiel. Der König in der Mitte, acht Wächter außen herum.«

Der König war die *Potomac*, und die Begleitfahrzeuge deckten ihn nahezu lückenlos. Lorenz konnte nur abwarten, ob sich irgendwo eine Lücke öffnete, denn wenn er den Viererfächer zu früh löste, traf er möglicherweise nicht die Hochseeyacht, sondern mehrere der Begleitfahrzeuge. Leise fluchend hing er am Sehrohr.

»Wir sind doch keine Selbstmörder«, knurrte er vor sich hin. »Wenn einer hochgeht, kann es auch eine Mine gewesen sein. Aber bei näherem Hinsehen werden sie die Torpedolaufbahnen erkennen, uns verfolgen und jagen, bis wir Blut husten.«

»Schokolade für den Kommandanten!« rief der Zentralemaat.

Lorenz gab noch die Schußwerte. »Lage rechts, Entfernung zweitausendfünfhundert, Gegnerfahrt zwölf Knoten, Tiefe drei Meter.«

Aus seinem Blickwinkel wurde alles rapide schlechter, die Deckung der Staatsyacht Roosevelts immer dichter. Außerdem scherte ein Zerstörer auf sie zu. Sie mußten das Sehrohr gesehen haben. Zwar hatte Lorenz es nur für kurze Sekunden gezeigt, aber diese Bewacherflotte hatte Hunderte von Augen. Letzten Endes ging es ja um die Sicherheit ihres Staatsoberhauptes. Lorenz fiel der Spruch wieder ein, den er immer gehaßt hatte: Lieber fünf Minuten feige, als ein ganzes Leben tot. Danach hatte er nie gelebt, aber hier war mit Tapferkeit nichts Besseres als der Tod zu holen. Es wäre absoluter und vorsätzlicher Selbstmord gewesen. Sie hätten keine Chance gehabt, zu entkommen. Er durfte nicht nur an sich selbst denken und an seine Probleme. Es ging auch um seine sechzig Männer, die ihm vertrauten. Müde glanzlose Augen starrten ihn an.

Kopfschüttelnd klappte Lorenz die Sehrohrgriffe hoch und befahl mit brüchiger Stimme: »Sehrohr ein ... Torpedoklappen schließen ... Rohre entwässern. Zufluten.«

Die Männer in der Zentrale atmeten hörbar durch.

»Beide E-Maschinen langsame Fahrt voraus ... hart Backbord ... hundertsechzig Grad ... Obersteuermann setzen Sie Kurs Norfolk ab.«

Lorenz mußte nun versuchen, praktisch in Schleichfahrt, dicht über Grund, diese sackförmige Bay zu verlassen, deren Loch hinaus in den Atlantik jederzeit dichtgemacht werden konnte. Der Horcher zeigte klar, die Geräusche der Präsidentenflottille entfernten sich. Als sie kaum noch zu hören waren, ließ Lorenz klarmachen zum

Schnorcheln. Wie zerschlagen wankte er in sein Schapp, zog den Filzvorhang zu, als wolle er sich damit vor der Welt abriegeln.

Einmal steckte der I WO seinen Kopf herein. »Welche Eintragung ins Kriegstagebuch?«

»Überlegene Deckung«, murmelte Lorenz. »Wurden abgedrängt.«

»Und wenn der BdU zurückfragt?«

»Dann stellen wir uns tot, verdammt noch mal. So tot wie wir sind.«

Lorenz sah klar und deutlich, daß er nach allen Seiten ein gewaltiges Risiko eingegangen war. Vielleicht hatte er sein Boot und seine Männer davor bewahrt, in der Tiefe zerbombt zu werden. Aber zu Hause, falls sie jemals die Heimat erreichen würden, stellte man ihn vermutlich wegen Feigheit vor dem Feind oder Befehlsverweigerung an die Wand. An Vera und sein Kind durfte er dabei gar nicht denken. Er konnte sich nicht erinnern, jemals in eine solch verzweifelte Lage geraten zu sein.

Im Boot herrschte beinahe tödliche Ruhe. Alle gingen wie auf Samtpfoten, nur die E-Maschinen summten und ab und zu die Hilfslenzpumpen, wenn getrimmt wurde, um das Boot auf ebenem Kiel zu halten. Lorenz wollte aufstehen, sich bewegen, durch das Boot gehen, doch er blieb liegen wie gelähmt. Zweifel, ob er das Richtige getan hatte, peinigten ihn. Er wußte nicht, wieviel Zeit vergangen war, ob Stunden oder nur Minuten. Plötzlich vernahm er aus dem Lautsprecher die Stimme des Radiosprechers von BBC New York. Erst nahm er Einzelheiten gar nicht wahr, dann elektrisierte ihn der Begriff »Internationales Rotes Kreuz«.

Er stand auf, wandte sich an den Funkmaat. »Was kam da eben durch?«

»Die Rote Armee unter Schukow hat in Polen die Konzentrationslager Auschwitz und Theresienstadt befreit, Herr Korvettenkapitän. Die Häftlinge werden versorgt, vom Internationalen Roten Kreuz betreut und zu ihren Angehörigen zurückgeführt.«

Lorenz mußte sich festhalten. Seine Stimme klang brüchig.

»Wann war das?«

»Muß heute gewesen sein, Herr Kapitän. Die alliierten Nachrichtensender melden meistens *just in time.*«

Um sich nicht anmerken zu lassen, wie erleichtert er war, daß sich soeben tonnenschwere Gewichte von seiner Seele gelöst hatten, fragte der Kommandant in seiner gewohnt kurzen Art: »Und sonst?«

»Königsberg hat kapituliert. Die russischen Divisionen beginnen, den Ring um Berlin zu schließen. General de Lattre marschiert auf Stuttgart zu. US-Truppen erreichen Thüringen. Ja, mehr war eigentlich nicht.«

Durch das Kugelschott aus der Zentrale meldete der wachhabende I WO, an Bord sei alles klar. »Kurs wie gehabt, Tiefe vierzig Meter, acht Knoten, keine Bewachergeräusche.«

»Wahrschauen Sie mich, wenn sich etwas ändert«, sagte der Kommandant fast tonlos.

Sie alle wußten, daß er jetzt endlich Schlaf brauchte. Er war seit zwei Tagen auf den Beinen und hatte kein Auge zugemacht.

Wieder auf der Koje liegend, tat Lorenz etwas, was schon seit zehn Jahren nicht mehr bei ihm vorgekommen war: Er faltete die Hände und begann zu beten. Es war ein Dankgebet.

Immer wieder fragte sich Lorenz, wie er, der dröge große Schweiger, zu so einer fabelhaften Frau wie Vera gekommen war, wem er das zu verdanken hatte. Ebenso wie seine Laufbahn bei der Kriegsmarine. Noch keine dreißig Jahre und schon Korvettenkapitän, das Eichenlaub zum Ritterkreuz gar nicht zugezählt. Er hatte Pech und Glück im Leben gehabt. Aber das Glück war immer eine Fingerbreite größer gewesen als sein Pech. So war er, der Sohn eines Autohändlers aus der Provinz, bis hierher gelangt. Ein Einzelkind, um das sich nie jemand besonders gesorgt hatte. Der Vater immer unterwegs in Geschäften oder auf Zuverlässigkeitsfahrten beim NSKK, dem nationalsozialistischen Kraftfahrkorps, die Mutter, eine bigotte Adventistin, kümmerte sich um jede Seele, nur nicht um die ihres Sohnes. Doch der Junge hatte sich nie beschwert, nie gemault, selten den Mund aufgemacht, war immer brav gewesen. Die Eltern hatten ihn nicht zur Hitlerjugend geschickt, sondern zum Christlichen Verein junger Männer. Dort hatte er zum ersten Mal gehört, daß es germanische Sagen gab. Eine wundervolle Geschichte war da erzählt worden, von einem Mann mit Hornhaut und einer blonden Königstochter – eine Sage, die Lorenz so gefesselt hatte, daß es ihm den Schlaf raubte; später erfuhr er, daß es sich um das Nibelungenlied handelte. Der CVJM wurde von der Hitlerjugend übernommen. Dort trat Lorenz zu den Heimabenden ebenso an wie zum Exerzierdienst. Er bekam sogar eine grüne Schnur, obwohl er sich nicht zum Jungscharführer berufen fühlte. Was man ihm an nationalsozialistischem Gedankengut näherbrachte, nahm er hin, als sei es ein Schluck Wasser, zeigte aber kein weiteres Interesse dafür. Er lebte wie Hans-guck-in-die-Luft. Nie wollte er der beste sein, nie gegen irgend etwas lästern, einfach weil er Angst hatte. Schweigen war die beste Verteidigung. Einmal kam sein Vater von einem Gespräch mit seinem Klassenlehrer zurück und drohte ihm Prügel an.

»Du bist nicht dumm, sondern faul«, schimpfte er.

Der Vater hatte nicht unrecht und nicht recht. Es gab Sachen, die gingen einfach langsamer in Lorenz' Kopf hinein als bei anderen. Er lernte schwer und außerdem ungern. Aber was im Kopf war, das hatte er drin. Im Unterricht meldete er sich fast nie zu Wort. Er verhielt sich so unauffällig, daß ihn seine Lehrer fast nicht kannten. Einmal mußte er zum Tagesgeschehen einen kurzen Vortrag halten.

Sein Klassenlehrer, der Deutsch und Latein gab, sagte: »Sie sprechen schlecht deutsch, Lorenz. Reden Sie zu Hause bodokudisch?«

Da begehrte er zum ersten Mal in seinem Leben auf, denn über sein Elternhaus wollte er nichts kommen lassen. »Nein, französisch«, antwortete er frech.

»In Franz haben Sie auch eine Vier.«

Neben ihm in der vierten Bank saß ein dicklicher, herausgefressener Junge. Sein Vater war Gauleiter.

Der Dicke sagte zu ihm: »Du brauchst dich über deine schlechten Noten nicht zu wundern, Lorenz, dein Vater ist ja nur Pferdehändler. Ihr habt keine Kultur.«

Das fand Lorenz demütigend und wollte so etwas im Leben nie mehr zulassen.

Wenn die anderen bunte Hemden trugen, zog er einen grauen Sweater vor. Seine kurzen Hosen waren meist zu lang und seine langen Hosen zu kurz. Er hatte nur einen einzigen Freund, der hieß eigentlich Adolf, nannte sich aus Opposition aber Bedolf. Der hatte daheim immer Ärger.

»Haust du mit ab?« hatte Bedolf eines Tages gefragt.

»Wohin?«

»Erst zum Güterbahnhof, dann nach Indien.«

Lorenz war mit von der Partie. Er sammelte zu Hause

Kekse als Proviant, ließ sich seine Schuhe besohlen – nicht mit braunem Leder, sondern mit grünem.

»Die halten länger«, sagte er zu dem Schuster.

»Bis Indien«, sagte der grinsend, und Lorenz erschrak.

Am Tag, als es losgehen sollte, war Bedolf nicht erschienen. Bei ihm zu Hause herrschte zufällig einmal eitel Sonnenschein. Sein Vater hatte ihm ein Rad mit roten Ballonreifen geschenkt. Eigentlich war Bedolf immer unzuverlässig. Er wollte Schauspieler werden, ließ sich schon als Mönch in Kutte photographieren. Am ersten Tag des Rußlandfeldzuges war er dann gefallen. Damals, noch vor dem Abitur, hatte es geheißen, die Schüler dürften nicht mehr mit dem Fahrrad zur Schule fahren zwecks Einsparung von Gummi. Die anderen kamen weiterhin mit dem Fahrrad, Lorenz ging zu Fuß auf den grünen Sohlen. Bei der militärischen Musterung kam er zur Marine, obwohl er gar nicht wollte. Später meldete er sich zu den Schnellbooten. Von seinem Vater hatte er etwas im Blut, das mit Geschwindigkeit zusammenhing. Auf diesen rassig-kleinen S-Boot-Flitzern fuhr er nächtliche Unternehmungen von Ostende aus über den Ärmelkanal bis ín die Humbermündung. Er versenkte sogar einen Transporter und einen Zerstörer, weil er aus Angst, der Gegner könnte vor ihm schießen, befohlen hatte, Feuer zu geben. Das brachte ihm zum Eisernen Kreuz Erster Klasse noch das Spiegelei ein, wie sie das Deutsche Kreuz in Gold nannten, und sogar den Halsorden. Weil bei der U-Boot-Waffe große Verluste eintraten und man gute Leute suchte, kam Lorenz zu dieser Waffe, die angeblich eine Elite sein sollte. Jaja, dachte er, damals ... Mein lieber Herr Lorenz, jetzt bist du in der Scheiße gelandet.

April 1945

RETTENDE PHYSIK
DA WAR DOCH WAS MIT KONVERGENZ

Der II WO weckte den Kommandanten.

»Da baut sich was auf, Herr Korvettenkapitän.«

Lorenz war sofort auf und voll da. Der Horchraum meldete ein ähnliches Geräuschgemenge wie zwei Tage vorher, als die *Potomac*-Armada vorbeimarschierte. *U-Monsun* befand sich noch in der Chesapeake Bay, allerdings schon an deren weitester Öffnung zum Atlantik hin. Lorenz nahm einen Sehrohrrundblick – kurz raus, kurz hinein – und war ratlos.

»Die kommen wieder zurück. Fahren nach Hause, die ganze Mahalla. In der alten Besetzung.«

»Und die *Potomac*?«

»Einschließlich *Potomac* mittendrin.«

»Da muß was passiert sein«, fürchtete der II WO.

»Schlaumeier«, sagte Oberleutnant Luther. »Von nix kommt nämlich nix.«

Noch sah es so aus, als würde diese kleine Flotte um die *Potomac* mit Abstand an ihnen vorbeiziehen.

Der I WO wandte sich an Lorenz: »Meldung an BdU?«

»Keine.«

Der Horcher rief: »Ein Bewacher schert aus. Zerstörer, Turbinenantrieb kommt auf uns zu. Vermutlich U-Jäger.«

Was hatte sie verraten? Der Sehrohrrundblick? Bei der kabbeligen Meeresoberfläche mit Schaumstreifen wohl kaum.

Lorenz griff sich den LI. »Ziehen wir etwa eine Ölspur?«

Der LI winkte ab. »Wie immer, kaum sichtbar.«

Lorenz warf einen Blick ins KTB. Seit zwei Stunden schnorchelten sie. Der Schnorchelkopf war antiradarbeschichtet, den hatten sie wohl kaum ausgemacht. Er grübelte noch über den Grund der Sichtung durch den Gegner, als der Zerstörer schon über sie hinwegbrauste, zunächst noch, ohne Wasserbomben zu werfen.

Plötzlich meldete der LI: »Backborddiesel zeigt keine volle Leistung.«

Der Obermaschinist hatte es soeben festgestellt. Er war es, der immer die Indikatorhähne an den Zylindern öffnete, um an dem zischenden Feuerstrahl zu prüfen, ob der Diesel gute Verbrennung hatte.

»Außerdem starke Vibration im Gebläse«, meldete Harms zusätzlich.

Lorenz begriff, was das zu bedeuten hatte. Wenn der Diesel nicht genug Luft bekam, stieß er eine schwarze Abgaswolke aus, die sich über der Wasseroberfläche sichtbar ausbreitete. Deshalb hatte man sie entdeckt.

Intuitiv befahl er: »Backbord-Diesel sofort abstellen ... Steuerbord-Diesel große Fahrt mit Ladung und BB-E-Maschine.«

Über ihnen irrte der Zerstörer eine Weile herum.

»Der hüpft von einem Bein aufs andere.«

Zum Glück hatten die Amerikaner in der U-Boot-Bekämpfung nicht die Erfahrung ihrer alliierten Freunde, der Engländer. Aber der Zerstörer würde wohl noch andere herbeirufen. *U-Monsun* behielt jedoch Kurs. In hektischer Eile wurde das Zuluftgebläse über dem Diesel ausgebaut. Sie zerlegten es. Im Verdichterrad waren zwei Schaufeln gebrochen.

»Materialfehler«, stellte der LI fest. »Kommt in letzter Zeit immer häufiger vor.«

»Können Sie das beheben, Harms?«

»Durch die abgebrochenen Schaufeln gerät der Verdichter bei tausend Umdrehungen in Unwucht. Entweder wir fräsen auf der gegenüberliegenden Seite ebenfalls zwei Schaufeln ab – das bedeutet Druckverlust –, oder wir bringen ein Wuchtgewicht an.«

»Wie lange, LI?«

»Bis wir fertig sind.« Harms war am Ende seiner Nerven, sonst hätte er diese Schnoddrigkeit nicht gewagt.

»Machen Sie so schnell wie möglich, LI.«

Sie bohrten dort, wo die Schaufeln abgebrochen waren, ein Loch ins Aluminium, setzten eine Schraube hinein und befestigten sie mit so vielen Beilagscheiben, daß dies dem Gewicht des zerbröselten Materials entsprach. Die Operation dauerte mehrere Stunden. In dieser Zeit verstärkte sich die Jagd nach ihnen immer mehr. Oben zog sich eine jagdlüsterne Meute zusammen. Bis das Gebläse endlich den Diesel wieder mit Luft versorgte, war *U-Monsun* ans Ende der Bay gehinkt, stand dort aber nun einem rasch aufgebauten Sperriegel der Amerikaner gegenüber. Dicht bei dicht tobten sie durch die See. Sie mußten Hilfe von der Flottenbasis Norfolk angefordert haben.

Lorenz schaute sich den Sperriegel an. Sofort ließ er die Diesel abstellen. »Gibt nur eine Möglichkeit, durchzubrechen, und zwar auf der sumpfigen Seite.«

Ganz dicht an der Küste, wo die Wassertiefe kaum dreißig Meter betrug, war der Riegel dünner und ließ eine Lücke. Lorenz wagte sich so tief hinunter, daß der Kiel beinahe am Boden schliff. So versuchte er, durchzuschleichen. Es waren Minuten, die den Männern den Atem nahmen. Bloß nicht in eine Bodenwelle geraten.

Der Obersteuermann zitierte die Bremer Stadtmusikanten, von denen einer gesagt hatte: »Nur Mut, Freunde, etwas Besseres als den Tod finden wir überall.«

»Heißt zwar anders, hört sich aber gut an.«

Im Boot herrschte absolute Stille. Eine Stunde, neunzig Minuten, Batterie nahe Leerstand, bis sie den Sperriegel der Bewacher hinter sich hatten und der Meeresboden sich endlich absenkte.

»Siebzig Meter«, befahl Lorenz, »dann achtzig.«

Die E-Maschinen lutschten die Rest-Ampere aus den Zellen.

Kein Zweifel, die Amerikaner würden nicht aufgeben. Daß sich ein feindliches U-Boot bis hierher gewagt hatte in den Tagen, als der Präsident mit der *Potomac* vorbeifuhr, konnten sie einfach nicht hinnehmen.

»Schnorcheltiefe.«

Das Boot machte kaum noch Fahrt.

Der Maat lenzte.

»Vierzehn Meter«, meldete der I WO.

»Beide Diesel«, forderte Lorenz an.

Beim Schnorcheln drang durch die Außenbordverschlüsse immer etwas Wasser ins Boot und machte das Boot schwer. Der LI versuchte es mit den leiseren Hilfslenzpumpen wegzudrücken.

»Das Wasser muß aus dem Boot«, forderte Lorenz. »Wir wissen ja nicht, was uns bevorsteht.«

Zweifellos – das dicke Ende kam erst noch.

Die Diesel sprangen an. Mit dem Obersteuermann hing Lorenz über den Karten. Die mit den Meeresströmungen wollte er sehen. Sawitzky zog sie aus dem Regal und entrollte sie. Mit dem Finger fuhr Lorenz von Florida herauf am Golfstrom entlang, der zwischen Grönland und Neufundland nach Osten Richtung Europa abbog.

Entgegen kam ihm aus Norden, von der Baffin Bay her, der eiskalte Labradorstrom. Vor Kap Hatteras markierte sein Bleistift ein Kreuz.

»Hier bei 35 Grad Nord, 70 Grad West begegnen sich die Ströme, reiben sich aneinander mit sechs Meter pro Sekunde.«

»Der Labradorstrom«, erwähnte der Obersteuermann, »ist mindestens zwanzig Grad kälter als der Golf.«

Nach kurzem Nachdenken nickte Lorenz. »Wo sie sich begegnen und beinahe berühren, entsteht eine sogenannte Konvergenzschicht. Bedingt durch den Wärme- und Salzgehaltunterschied hat man hier kaum Funkempfang, und die Unterwassersuchgeräte reagieren auch nicht.«

»Kein Asdic also.«

»So gut wie.«

Es war wirklich so, daß ihnen das ständige Ping-ping des gegnerischen Asdic, einmal lauter, dann wieder leiser werdend, schwer Nerven kostete. Da half auch Watte in den Ohren nichts.

Der Obersteuermann zirkelte die Distanz ab bis zum dem Konvergenzbereich, in den sie sich vielleicht retten konnten. »Mindestens zweihundert Seemeilen oder elf Stunden AK.«

Und der Gegner, die halbe amerikanische Ostküstenflotte, kam immer näher. Kein Kunststück, sich auszurechnen, bis wann sie sie fanden und alles an Wasserbomben abluden, was sie dabei hatten.

Kaum war die Dämmerung eingetreten, begann *U-Monsun* mit beiden Dieseln zu schnorcheln, was sie überhaupt an Drehzahlen hergaben. Trotzdem blieben die Amerikaner immer dichter auf ihrer Spur. Wie Hundenasen dem Wild folgten sie dem Dieselgestank. Wann das Ende kam, konnte sich Lorenz ausrechnen.

Vielleicht noch ein paar Stunden. Zwar halbwegs unter Wasser, waren sie doch wie eine Zielscheibe. Schwarzer Qualm drang durch das Kugelschott. Das auch noch.

»LI, Schadensmeldung!«

»Eines der Dieselkopfventile hat abgeblasen«, keuchte Harms hustend, »weil die Verbrennung nicht stimmt. Hinten im Maschinenraum haben sie schon die Tauchretter aufgesetzt und atmen Sauerstoff aus der Preßluftflasche.«

Allen war klar: Jetzt fing der eigentliche Horror an.

Am Kartentisch rechnete Lorenz, ob das Rennen noch zu gewinnen war.

»Unmöglich«, fürchtete der Obersteuermann. »So breit ist Gottvaters Daumen nicht.«

Doch plötzlich, in der Nacht, es war am 29. April, nahm der Horchraum kein Verfolgergeräusch mehr auf.

»Ringsum alles wie tot«, lautete seine Meldung immer wieder. »Tot, tot.«

Lorenz wartete noch ab und wagte dann einen Sehrohrrundblick. Der Horizont schien leergefegt. Kein Mast, kein Licht, kein Schornstein, nichts. Da es keine Wunder gab, im Krieg schon gar nicht, mußte irgend etwas anderes passiert sein. Der Horcher, dessen Aufgabe auch darin bestand, die Rundfunkmeldungen zu verfolgen, riß die Augen weit auf, als könne er es nicht fassen. Rasch kritzelte er etwas auf die Kladde und legte sie dem Kommandanten vor. Nur ein paar Worte standen darauf:

Der amerikanische Präsident Franklin D. Roosevelt ist heute auf seinem Landsitz verstorben.

Wortlos reichte Lorenz die Meldung weiter an seine Offiziere, die in der Messe um die Back saßen.

Der I WO kommentierte: »Das erklärt alles.«

Doch Lorenz nickte nicht einmal. »Einiges«, schränkte er ein.

MITGEGANGEN, MITGEHANGEN

Die US-Navy hatte jetzt andere Sorgen als ein möglicherweise in ihre Gewässer eingedrungenes deutsches U-Boot zu verfolgen. Ihre Küstenabwehr schien wie gelähmt. *U-Monsun* erreichte den angesteuerten Konvergenzpunkt, wo weder Ortung noch Funkverkehr möglich waren. Meldungen an den BdU nach Berlin hatte Lorenz ohnehin vernachlässigt.

»Die sollen uns ruhig für abgekratzt halten«, äußerte er ganz offen.

»Inzwischen haben sie längst die Bestätigung, daß wir die *Potomac* nicht versenkt haben und Roosevelt auf natürliche Weise starb.«

»Der BdU wird es trotzdem als Meuterei auslegen«, fürchtete der LI. »Und man wird uns an die Wand stellen.«

»Vorausgesetzt, sie finden noch eine Wand mit einem freien Plätzchen.«

Tage später, auf 40 Grad West, nahe den Azoren, konnte *U-Monsun* bereits wieder den deutschen Wehrmachtsbericht empfangen. Die Russen hatten Berlin eingeschlossen. Die Reichshauptstadt stand vor der Kapitulation. Im Westen rollten die amerikanischen Truppen, nachdem sie Stuttgart und Ulm eingenommen hatten, auf München zu. Wie sich die Lage auch immer entwickelte, Lorenz hatte keinen Bedarf, einen deutschen Hafen anzulaufen. Diesen schnell zusammengetrommelten Kriegsgerichten war alles zuzutrauen.

Er teilte erst den Offizieren, dann der Mannschaft seinen Entschluß mit. »Wir laufen Kurs Spanien, lassen uns dort internieren.«

Unter den Männern der Besatzung gab es Proteste, besonders unter den verheirateten, die zu ihren Familien zurückwollten. Schließlich, nach langen Diskussionen, stellte die Mehrheit klar, daß es besser sei, sich internieren zu lassen, als auf den letzten Drücker noch erschossen zu werden.

Der Obersteuermann berechnete die Fahrtzeit. »Um Mitte Mai herum könnten wir in Kristiansand sein. Oder eine Woche später in irgendeinem Hafen in Nordwestspanien. Bei sofortigem Kurswechsel auf Süd.«

»Setzen Sie beide Kurse ab«, befahl Lorenz.

Mai 1945

In den letzten Zügen
Da helfen keine Pillen
Die Stunde des Kommandanten

Die gepanzerte Mercedeslimousine des Großadmirals erreichte am Abend des 2. Mai die Marinekriegsschule in Flensburg. Auf der Fahrt von Plön her hatte sich Dönitz am Kaiser-Wilhelm-Kanal mit Admiral v. Friedeburg getroffen, und zwar an der Levensauer Hochbrücke.

Friedeburg, der Unterhändler, berichtete über die Bedingungen, die Montgomery, Oberkommandierender der Alliierten, gestellt hatte. Sie reichten weit über das hinaus, was Dönitz, Erbe und Nachfolger Hitlers, anzubieten hatte. Nach dem Selbstmord Hitlers im eingeschlossenen Berlin war Dönitz überraschend in seinem Testament als Führer des Reiches, vielmehr dessen, was davon noch übrig war, vorgesehen worden. Wenn man davon ausging, daß der russische Marschall Schukow Berlin eingenommen hatte und die amerikanische Armee auf den Obersalzberg zumarschierte, blieb nichts mehr davon übrig. Der Unterhändler berichtete, daß Montgomery nicht nur die bedingungslose Kapitulation aller Truppen im norddeutschen Raum forderte.

»Das habe ich ja selbst vorgeschlagen«, betonte Dönitz. »Monty führt sich jetzt natürlich als Sieger auf. Alle Streitkräfte in Holland und Dänemark haben sich ebenfalls zu ergeben. Vor allem auch sämtliche U-Boot- und Flotteneinheiten im gesamten Kapitulationsbereich.«

»Das bedeutet die unversehrte Auslieferung sämtlicher Schiffe.«

Mit versteinerter Miene bemerkte Dönitz dazu: »Das würde den Widerruf eines heiligen Befehls bedeuten, der seit der Übergabe der deutschen Flotte in Scapa Flow am Ende des Ersten Weltkriegs von den Kommandanten deutscher Schiffe als der höchste aller Befehle geehrt worden ist, nämlich sein Schiff unter keinen Umständen in Feindeshand fallen zu lassen.«

»Die Teilkapitulation soll um acht Uhr morgens am 5. Mai in Kraft treten«, sagte Friedeburg, um Fassung ringend.

»Fahren Sie wieder zurück«, entschied Dönitz, »und verhandeln Sie weiter. Versuchen Sie herauszuholen, was möglich ist.«

Nach seiner Ankunft in Flensburg begab sich Dönitz mit Begleitung zum Marine-Kriegsschulhafen, von wo aus sie zur Württembergbrücke hinübergingen, wo das 17000 Tonnen große Wohnschiff *Patria I* lag. Unter höchster Anspannung warteten sie auf den Anruf aus Montgomerys Hauptquartier.

Die entscheidende Sitzung mit Montgomery fand am Morgen des 4. Mai statt. Von Friedeburg diskutierte den ganzen Vormittag, aber er hatte keine Wahl. Am Ende blieb nichts anderes übrig, als die Bedingungen Montgomerys anzunehmen. Der Admiral hatte die Vollmacht dazu. Am späten Nachmittag traf in Flensburg der Funkspruch ein, daß die Kapitulationsurkunde unterzeichnet sei. Aber die Bedingungen Montgomerys im einzelnen einzuhalten war nicht nur äußerst schwierig, sondern nahezu unmöglich. In der Nacht, während die Funker in der Nachrichtenschule vor ihren Geräten saßen, liefen über den noch nicht besetzten größten Marinesender die Funksprüche zu den Schiffen und Befehlsstellen hinaus. Zu diesem Zeitpunkt gab es noch etwa dreihundertfünfzig U-Boote. Viele lagen nicht in den Stützpunkten.

Fast alle Boote in See oder im Hafen erreichte in dieser Stunde das Angriffsverbot. Die Kommandanten brachen ihre Feindfahrten ab und versuchten, die Heimathäfen zu erreichen. Jedes U-Boot hatte jedoch eine Dienstanweisung an Bord, die schon in Friedenszeiten galt und im einzelnen nur den Kommandanten bekannt war. Der wichtigste Punkt dieser Anweisung war der Befehl, daß kein deutsches Kriegsschiff unzerstört in Feindeshand fallen dürfe. Noch am 30. April war diese Anweisung durch einen Geheimbefehl des BdU ergänzt worden. Auf das Stichwort »Regenbogen« sollten sofort alle Schiffe vernichtet werden mit Ausnahme solcher Fahrzeuge, die für Fischerei, Transport und Minenräumen benutzt werden konnten. Auch nachdem Admiral v. Friedeburg die Kapitulation unterzeichnet hatte, galt noch immer der Befehl »Regenbogen«. Kreuzer, Zerstörer, Torpedoboote, Schnellboote, U-Boote und Kleinkampfmittel durften nicht in Feindeshand fallen! Als dieser Regenbogen-Befehl durch neue Anweisungen aufgehoben wurde, glaubte zunächst niemand daran. Man hielt das für Sabotage oder einen Trick der Alliierten. Die Kommandanten der Schiffe waren in höchstem Maße verunsichert und mental nicht bereit dafür, daß man plötzlich das Gegenteil von ihnen forderte. Jahrelang hatten sie die Selbstversenkung als höchste Tugend gelobt und nun plötzlich dieser anders lautende Befehl. Sie verweigerten Dönitz einfach den Gehorsam. Es kam immer wieder zu Rückfragen von Kommandanten, die an dem neuen Befehl verzweifelten. Er wurde von der Funkstelle in Flensburg stereotyp beantwortet: *Unter keinen Umständen »Regenbogen«*.

Der Großadmiral, von seinem Stab auf dieses Dilemma hin angesprochen, äußerte schließlich: »Wenn ich noch

U-Boot-Kommandant wäre – ich wüßte, was ich zu tun hätte.«

In dieser Nacht ging trotzdem der Befehl »Regenbogen, Regenbogen – schwarze Flagge setzen« von Bord zu Bord. In den Buchten und Häfen fuhren Verkehrsboote von einem U-Boot zum anderen. Die entfernter liegenden Boote wurden mit Morselampen angeblinkt. Bald waren die Besatzungen dabei, alles, was sich an Vorräten und persönlichen Dingen noch an Bord befand, an Land oder in Schlauchboote zu schaffen. Nur ein paar Mann blieben zurück, um die Sprengladungen an den Flutventilen anzubringen.

So geschah es die ganze Nacht über. Ein lautloses, beinahe gespenstisches Geschehen hin und her. Überall wurden die Boote zerstört – in der Flensburger Förde, vor Lübeck, Travemünde, Kiel, in allen Buchten und Fjorden, vor den Ostseeinseln. Nicht anders wurde in den Flußmündungen von Elbe und Weser gehandelt. Die Besatzungen, die ihre Boote versenkt hatten, versuchten, sich an Land in ihre Heimatorte durchzuschlagen. Wem dies nicht möglich war, konnte bei Bauern in den Dörfern entlang der Küste unterkriechen. Manche von den Alten, die für sich keine Zukunft mehr sahen, waren auch an Bord geblieben und mit ihren Schiffen untergegangen.

Am Morgen des 5. Mai um acht Uhr trat die Teilkapitulation in Kraft.

Als der Morgen graute, war etwas Einmaliges in der Seekriegsgeschichte geschehen: Zweihundertfünfzehn Boote lagen auf dem Grund des Meeres.

Mai 1945

DAS GEISTERSCHIFF
GÖTTERDÄMMERUNG

Von seinem letzten Standort bei 40 Grad Nord/35 Grad West hatte U-Lorenz Kurs Richtung Biskaya und Nordspanien gehalten. Nach Eingang der neuesten Meldungen jedoch ließ der Kommandant Kurs 010 Grad Nord nehmen und hielt auf einen der schottischen Häfen zu. All die Vorgänge, die zu der gegenwärtigen Entwicklung geführt hatten, waren auf einem U-Boot, mit nur begrenzten Kontakten zur Außenwelt, kaum erklärbar. Und selbst wenn, dann nur unter Einschaltung wildester Phantasien. Dem Befehl folgend, ließ Lorenz von der Seemännischen Nummer Eins so etwas ähnliches basteln wie eine schwarze Flagge. Sie nähten sie aus mehreren der blauweiß-karierten Kojenlaken zusammen.

»Das Problem ist die schwarze Farbe«, brummte der Bootsmann.

Einer aus der Maschine kam auf die Idee, dazu altes, verfärbtes Öl zu verwenden. Sie füllten die schwarze Brühe in einen Eimer, tauchten die neue Fahne hinein, und der Stoff nahm tatsächlich grau-schwarze Färbung an.

»Habe mal einen Piratenfilm gesehen«, setzte der Obersteuermann an.

»Ich auch«, bemerkte der I WO.

»Da flatterten solche Fetzen vom Mast.«

Sie versuchten, jeden Sender hereinzubekommen, den die Antennen auffangen konnten. Spanische, englische, deutsche. Allmählich stellte sich ein Bild der Gesamtlage dar, aber keiner mochte es glauben.

Am Morgen des 5. Mai, sie fuhren vorsichtshalber getaucht, meldete der Horcher näherkommende Dieselgeräusche. Es hörte sich nicht an wie ein gegnerisches Kriegsfahrzeug, so daß Lorenz auf Sehrohrtiefe ging, lange durch das Okular starrte und dann den I WO zu einem Rundblick aufforderte.

Der rieb sich die Augen und sagte: »Ein Passagierdampfer, mindestens 20000 Tonnen. Südkurs.«

Das genügte Lorenz nicht. »Was sehen Sie noch?«

Der I WO war überfragt, der II WO kam an die Reihe, aber Trippel hatte noch weniger Erfahrung. Erst der Obersteuermann, der jahrelang bei der Handelsmarine zur See gefahren war, gab Lorenz die Antwort, die dieser erwartete.

»Das Schiff hat Tarnbemalung, sieht aber verdammt nach frisch gepinselt aus. Fährt unter neutraler Flagge. Der Teufel soll mich holen, wenn ... zum Teufel ...«

Lorenz drängte: »Wenn was ...?«

»Die Aufbauten ...«, fuhr der Obersteuermann fort, »ein Schornstein mittschiffs, vorn und achtern die Ladebäume, mindestens zwölf Rettungsboote. Ein Schiff, das sowohl Fracht mitnehmen kann als auch Passagiere. Hochmoderne, elegante Linie ... muß ein Neubau sein ... und ich will verdammt sein, wenn ich das Schiff nicht schon einmal gesehen habe. Ich täusche mich nicht in so was. Das ist die *Patria* von der deutschen Südamerikalinie.«

»Die liegt in Flensburg fest«, erklärte Lorenz und setzte sich auf die Kartoffelkiste. »Nicht zu fassen, Obersteuermann oder?« Damit erweckte er den Eindruck, als wisse er mehr. Jeder wartete jetzt darauf, was der Kommandant zu sagen hatte. Zögernd setzte Lorenz an: »Auf einer Stockholmer Werft wurde ein drittes Schiff nach den bewährten Plänen gebaut. Nach *Patria* und *Praetoria* bekam das Schiff keinen Namen, sondern lief unter dem Code *Dr. Josef Goebbels*. Es hat etwas weniger Kabinen als seine Schwesterschiffe, aber vergrößerte Provianträume und Treibstoffbunker.«

Wütend ließ der I WO Luft ab.

»Das wäre ja ...«

»Das ist es«, ergänzte Lorenz das Unausgesprochene.

Er ließ auftauchen, die vorderen vier Torpedorohre laden. Mit großer Fahrt beider Diesel lief er auf den Musikdampfer zu, um ihm den Weg abzuschneiden.

In Sichtweite morste Lorenz hinüber: »K. an K. Stoppen Sie sofort.«

Der Kapitän des Fluchtschiffes dachte nicht daran, der Aufforderung Folge zu leisten. Er behielt Kurs und Geschwindigkeit bei, was deutlich an Bug- und Heckwasser zu erkennen war. Mit der 2-cm-Vierling ließ Lorenz eine Salve Leuchtspur über das Schiff hinwegfeuern.

»K. an K. Vier Torpedos sind auf Sie gerichtet«, drohte er.

Der Kapitän des Schiffes ließ zurückmorsen: »Wir sind ein neutrales Schiff mit Kurs Südamerika.«

»K. an K.«, antwortete Lorenz, »Sie sind ein getarntes deutsches Schiff mit Kurs auf Walhalla.«

Pause.

Dann: »K. an K. Haben Sie noch nichts von der Kapitulation gehört?«

»K. an K. Hier U-Lorenz. Sie offenbar auch nicht. Gehen Sie sofort auf Gegenkurs und begeben Sie sich samt Passagieren in einen alliierten Hafen. Die Kapitulation gilt auch für Sie.«

Der Musikdampfer hatte tatsächlich seine Fahrt verringert und stoppte jetzt. Vermutlich wollte der Kapitän kein Risiko eingehen.

»K. an K. Ich habe Frauen und Kinder an Bord. Wollen Sie sich eines Verbrechens schuldig machen?«

Lorenz wurde ärgerlich. »K. an K. Sie haben auch Hunderte von Nazibonzen an Bord, Gauleiter, SS-Schergen, Generalkommissare aus den Ostgebieten, KZ-Kommandanten.« Lorenz hatte einfach nur so getippt, aber offenbar die Wahrheit getroffen.

Der Kapitän ergänzte: »... und eine Kompanie SS-Männer von der Leibstandarte Adolf Hitler. Sollten Sie versuchen, ein Prisenkommando an Bord zu bringen, wird keiner von Ihnen lebend mein Deck erklettern.«

Lorenz war klar, daß es dann ein Blutbad geben würde. Andererseits konnte er das Schiff mit den Familienangehörigen der Parteifunktionäre nicht torpedieren.

Er versuchte es noch einmal anders: »K. an K. Lassen Sie Frauen und Kinder in die Boote gehen.«

Das war deutlich und bedeutete für das Fluchtschiff Versenkung. Der Kapitän, kein dummer Mann, wußte, daß er dadurch ein Pfand aus der Hand gab. Doch Lorenz wollte zu irgendeinem Ergebnis kommen.

»K. an K. Sobald Sie wieder Fahrt aufnehmen, schieße ich Ihnen das Heck samt Ruderanlage und Schrauben weg.«

Deutlich sichtbar richtete er sein Boot im 90-Grad-Winkel zu dem Fluchtschiff aus. Seit Minuten aber schon lief seine Ersatzmaßnahme. Über Funk auf allen für ihn erreichbaren offenen Kanälen, ohne Kodierung, unter genauer Angabe des Standortes, rief er sämtliche erreichbaren alliierten Flotteneinheiten zu Hilfe. Ein Kreuzer, zwei Zerstörer und ein Flugzeugträger hatten sich gemeldet und liefen mit höchster Geschwindigkeit auf das Fluchtschiff zu. Ob der Kapitän drüben den Funk mitgehört hatte, war Lorenz egal. Geduldig wartete er auf der Brücke seines Bootes und gab dem Kapitän der *Patria II* zu verstehen, daß er den Finger auf dem Torpedoabschußknopf habe. Daß es drüben jetzt zu einem Chaos kommen würde, war vorstellbar, aber für ihn unbedeutend.

Es dauerte endlose vier Stunden, dann waren die Masten und Rauchfahnen der ersten alliierten Schiffe am Horizont sichtbar. Kaum standen sie genügend weit heran, gab Korvettenkapitän Lorenz den Tauchbefehl. In der Annahme, dies sei seine letzte Aufgabe in diesem Krieg gewesen, ließ er den Obersteuermann den direkten Kurs nach Nordschottland abstecken.

Noch zweiundsiebzig Stunden bis Melness an der Bucht von Melness. *U-Monsun* fuhr aufgetaucht unter der schwarzgefärbten Piratenflagge am ausgefahrenen Sehrohr.

»Warum haben Sie mit dem Schuß gezögert, Herr Korvettenkapitän?« fragte Sawitzky. »Da sind doch nur Verbrecher an Bord.«

»Und Unschuldige. Selbst wenn es nur einer gewesen wäre, hätte ich nicht das Recht gehabt ... Sie wissen schon.«

Die See wurde rauher, der Bug des 2000-Tonnen-Bootes schlug quer in die vier Meter hohen Wellen, die der Nordweststurm peitschend herantrieb. Die Männer trugen Ölzeug. Trotzdem durchnäßte sie die überkommende Gischt vom Hals bis zu den Füßen. Manche genossen es offenbar wie eine letzte Taufe. Was Lorenz die ganze Zeit gequält hatte, beschloß er jetzt zu verwirklichen. Er übergab an den I WO die Wache.

»Fahren Sie nicht in letzter Stunde noch einen irischen Fischkutter über den Haufen«, sagte er. Damit verschwand er im Funkraum.

Dort wandte er sich an den Obermaat. »Erreichen Sie Norddeich Radio?«

Diese Station war jedem Seemann bekannt. Sie diente einlaufenden oder auslaufenden Schiffen als erste oder letzte Kontaktstelle. Über Norddeich Radio konnte man telefonische Verbindungen in das Drahtnetz herstellen.

»Norddeich Radio macht immer Dienst«, sagte der Obermaat. »Ich glaube, die sind noch in Bereitschaft.«

Lorenz diktierte ihm einen kurzen Funkspruch: »An das Rote Kreuz in Traunstein, Oberbayern. Erbitte Nachricht über Verbleib von Vera Lorenz und Baron Arno von Lüderitz, Domäne Lüderitz. Gez. Lorenz, Korv. Kapt. *U-Monsun.*« Dann setzte er hinzu: »Geben Sie unsere Frequenz durch, Obermaat. Selbstverständlich steht diese Verbindung, sofern sie zustande kommt, auch den übrigen Besatzungsmitgliedern zur Verfügung.«

Das altgediente Fernkampfboot vom Typ IX-D2 hatte seine letzten tausend Meilen unter den Kiel genommen. Aus dem Mittelatlantik kommend, ließ es die spanische Halbinsel, die Biskaya und Irland an Backbord liegen und hielt Kurs Nord unmittelbar am 15. Längengrad entlang. Auf Höhe der Hebriden ließ Korvettenkapitän Lorenz Kurs 38 Grad absetzen.

»Das bringt uns nach Nordschottland«, erklärte er seinem I WO. »Da ich annehme, daß alle anderen Boote die englischen und französischen Häfen ansteuern werden, sind wir in Schottland bei den Orkneys oder Scapa Flow besser aufgehoben.«

Der Wind hatte aufgebrist, die Kapitulationsflagge, der grauschwarze Fetzen am Sehrohr, flatterte knatternd. Allmählich begann das Boot in der lang auslaufenden Atlantikdünung zu arbeiten. Die Wellen rollten von Nordosten aus Island her und schüttelten das Boot mit gewaltigen Muskeln, hoben erst den Bug. Sobald sie unter dem Kiel durchgelaufen waren, klatschte *U-Monsun* in das nächste Tal. Die Gischtspritzer schäumten bis zum Turm und badeten die Männer, trotz Ölzeug, mit ihrer salzig-kalten Brühe. Lorenz wußte, daß höhere Fahrtstufe etwas mehr Ruhe in das Boot brachte und forderte von den Dieseln zweihundertfünfzig Umdrehungen ab. Der LI erschien im Turmluk und zeigte – wie immer, wenn seine Motoren große Fahrt liefen – ein so trauriges Gesicht, als seien auf einen Schlag Vater, Mutter und Schwester verstorben.

»Das kostet Treibstoff«, warnte er.

»Na und? Wollen Sie dem Engländer das Boot mit halbvollen Bunkern übergeben?«

»Und ewig halten die alten Maschinen das auch nicht durch.«

»Keine Sorge, LI, in zwei Tagen sind Ihre Sorgen die der Briten.«

Der LI tauchte wieder weg.

Der I WO, Leutnant Luther, wandte sich an den Kommandanten: »Sollten wir vielleicht die restlichen Torpedos verfeuern, Herr Kapitän?«

»Wozu die Mühe«, erwiderte Lorenz. »Mit dem T 5 verraten wir keine Geheimnisse. Die Aale der Engländer sind mindestens ebensogut. Der Koch soll heraufkommen.« Kaum war der Smut erschienen, vergatterte ihn Lorenz: »Erstellen Sie mir Listen aller Vorräte. Ab heute wird gekocht, als sei jeden Tag Hochzeit in Frankreich. Was dann noch an Dauerwürsten, Obst, Fleischkonserven etc. übrig ist, wird auf die Besatzung aufgeteilt. Schätze, wenn wir in Gefangenschaft marschieren, ist die Verpflegung nicht allzu üppig.«

»Dann gibt es heute Schinken mit Rührei«, sagte der Koch.

»Nicht schon wieder, Mann, bitte. Lieber Rührei mit Schinken mit der Betonung auf Schinken.«

»Ich habe auch noch Büchsen mit Klopsen, Herr Kapitän, Königsberger.«

»Die können Sie meinetwegen über Bord schmeißen.«

»Gut wäre Erbsensuppe mit Wiener Würstel.«

»Mehr Würstel als Erbsen«, forderte der Kommandant. »Und geben Sie Fourage aus, was an Schokolade, Keksen, Bonbons und so weiter da ist. Bloß nichts dem Feind überlassen.« Lorenz nahm noch weitere Maßnahmen vor, soweit sie ihm notwendig erschienen. »Karten, Signalbuch, Enigma, KTB – alles vernichten.«

»Wir wandern sowieso hinter Stacheldraht«, bemerkte II WO Trippel bedrückt.

»Offiziere hinter verchromten Stacheldraht«, fügte der I WO bitter hinzu.

Lorenz befahl, weiter kriegsmäßigen Ausguck zu halten. Er wollte nicht riskieren, daß ein gegnerisches Schiff, das vielleicht lagemäßig nicht auf dem neuesten Stand war, sie bei Überwasserfahrt angriff und im letzten Moment versenkte. Meistens passierten am Ende einer Reise die unangenehmen Dinge. Wie an Weihnachten, wenn die Gans verkohlte. Nur noch die Verantwortung hielt ihn wach. Jetzt stand er seit zwanzig Stunden auf der Brücke und war zum Umfallen kaputt. Um irgendwie die Augen offen zu halten, schüttete er eine Tasse Kaffee nach der anderen in sich hinein und sprach ganz gegen seine Gewohnheit mit der Brückenwache.

»Was werden Sie machen, Luther?« fragte er den I WO, »wenn die uns mal wieder freilassen?«

»Vielleicht studieren, Herr Kapitän.«

»Was?«

»Mit Sicherheit nicht Anglistik, Herr Kapitän.«

Von seinem Leitenden Ingenieur, Oberleutnant Harms, erfuhr Lorenz, daß der seinen Diplomingenieur als Maschinenbauer machen wollte, während der II WO schwankte zwischen Medizinstudium und Uhrmacherhandwerk.

»Chirurgie und ein Uhrwerk zu reparieren sind ein und dasselbe, Herr Kapitän. Feinarbeit. Grade die Werke bei Damenuhren sind sehr winzig.«

»Sie brauchen ja nicht Frauenarzt zu werden.«

»Kinder, so habe ich mir sagen lassen, besitzen sehr kleine Blinddärme, und die müssen meistens raus.«

Keiner wagte zu fragen, was ihr Kommandant nach dem Krieg tun würde, denn für hochdekorierte Offiziere gab es wohl so schnell keine passende Verwendungsmöglichkeit.

Selbst wenn man ihn gefragt hätte – Lorenz hätte keine Antwort gewußt. Sollte er studieren mit seinem eher mäßigen Abiturzeugnis? Aber was? Kunst, Literatur, Sprachen interessierten ihn nicht allzusehr. Und sich als angeheirateter Schwiegersohn eines Domänenbesitzers mit der Züchtung von furzenden Pferden zu befassen, war unvorstellbar. Pferde waren dümmer als Beutelratten. Dann schon lieber Schweine mästen. Schweine galten als sehr kluge Tiere. Außerdem schmeckten sie gut. Aber irgendwie konnte er sich das alles nicht vorstellen. Lorenz war echt zum Umfallen müde, fast schon tot, nur noch nicht ganz. Da meldete der Obersteuermann, daß *U-Monsun* sich den Hebriden näherte. Lorenz ließ Ruder Steuerbord zehn legen, bis am Horizont die Küste auftauchte. Ein dünner grauer Strich.

Jetzt übergab er die Wache dem I WO. »Ich haue mich hin, bevor ich leblos umfalle. Bringen Sie das Boot gut in den vorgesehenen Hafen.«

Trotz totaler Übermüdung konnte Lorenz auf der Koje liegend nicht einschlafen. Da merkte er, wie lange er schon nicht mehr an Vera gedacht hatte. Er versuchte es, fand aber keinen Einstieg. Sein Gehirn arbeitete wie das, was es war – eine graue Masse.

Als er dann endlich doch schlief, hatte er zunächst wüste Träume, die sich dann jedoch kurios weiterentwickelten. Es war ein sonniger Sommertag am Chiemseeufer, nicht zu heiß. Seine Frau Vera war dabei. Sie trug einen Badeanzug aus dem blaugewürfelten Stoff von Küchenhandtüchern. Trotzdem sah sie wunderhübsch aus darin und hatte auch das Kind dabei, von dem er immer noch nicht wußte, ob es ein Knabe oder ein Mädchen war. Der Wind wehte ihr Haar vors Gesicht. Plötzlich war ein Segelboot da, und sie kreuzten hinaus Richtung Herrenchiemsee. Zwischen der Insel mit dem Königsschloß und der Fraueninsel gab es plötzlich mitten im See einen Schlag. Die Olympiajolle war aufgelaufen. Zum Teufel, hier gab es doch keine Untiefen! Das Boot kam nicht frei, also sprang Lorenz ins Wasser, um es irgendwie schaukelnd von dem Unterwasserhindernis zu befreien. Im Traum konnte er unerhört lange und tief tauchen. Ganz deutlich sah er im leicht trüben Seewasser, daß die Jolle mit ihrem Kiel am Schornstein eines Ausflugdampfers festhing. Ein Chiemseeraddampfer, der vermutlich von amerikanischen Bombern versenkt worden war, weil man ihn für ein Schlachtschiff gehalten hatte. Das Traumgeschehen spulte rasch weiter ab bis ins Gutshaus. Lorenz führte sogar ein Gespräch mit dem alten Baron.

»Du bist doch Widerstandskämpfer vom 20. Juli, Papa, und kannst's gut mit dem amerikanischen Besatzungsgeneral. Ich hätte da eine Idee.«

»Was betreffend, mein Junge?« fragte der alte Baron gut gelaunt, denn er hatte schon wieder Koppeln voller Pferde und Ställe, in denen Schweine wie Kühe in Reihe und Glied standen.

Lorenz erklärte ihm, was er vorhatte. »Man könnte den Dampfer heben, das Wrack der Besatzungsmacht abkaufen, das Schiff wiederherstellen, schön anmalen, und ich fahre darauf Sommergäste spazieren.«

»Als Kapitän mit Ritterkreuz«, ergänzte der Baron, herzhaft lachend. »Wird gemacht, mein Junge.«

Schon rollte der Traum automatisch weiter. Lorenz sah sich auf der Brücke eines schmucken weißen Raddampfers stehen, der mit voller Kraft dahinfuhr. Schäumende Bugwelle, schwarzer Rauch aus dem Schornstein. Überall an Deck saßen oder lagen Touristen bei Schlagermusik. Er hatte sein altes U-Boot-Fernglas vor der Brust hängen, futterte eine Tafel Schokolade und blickte zufrieden in die Ferne bis zum Gebirge. An ihm lehnte Vera, strahlend vor Glück, das Kind im Arm.

»Bist du zufrieden, Pit«, fragte sie, »als Kapitän?«

»Restlos«, antwortete er.

Sie küßte ihn, und er küßte sie.

Doch mit einem Mal schienen sie Zweifel zu überkommen. »Und im Winter?« wollte sie wissen.

Nach kurzem Überlegen antwortete er: »Im Winter wird es ganz heimelig. Da friert der See zu, und wir strecken zu Hause die Füße an das Kaminfeuer. Gegen einen wärmenden Schluck Whisky hätte ich natürlich nichts einzuwenden.«

Aus der Traum.

Im Boot wurde Alarm gegeben. Das riß Lorenz aus einer Welt, die am Ende richtig angenehm gewesen war. Er enterte auf die Brücke. Das Boot hatte gestoppt. Unweit an Backbordseite lag ein britischer Zerstörer, um sie aufzunehmen und in den Hafen zu geleiten. Er hatte ein Flaggensignal gesetzt: *Bitte folgen Sie uns*. Er hatte auch einen Funkspruch herübergegeben.

»Wir sind Gefangene seiner Majestät des Königs von England«, sagte der I WO.

»Tatsächlich«, erwiderte Lorenz sarkastisch. »Ist ja was völlig ganz was Neues.«

Noch keine Nachricht von Norddeich Radio.

Trotz des stürmischen Regenwetters kam zwei Tage später die schottische Hochküste in Sicht. Voll Zuversicht und Hoffnung hatte Lorenz auf eine Meldung von Norddeich gewartet, sie blieb jedoch immer noch aus. *U-Monsun* nahm Kurs auf die fjordähnliche Bucht, wo er sein Boot an die Alliierten übergeben wollte. Küstenschutzfahrzeuge und auch ein U-Boot-Jäger kamen ihm entgegen. Sie geleiteten das schwere IX-D2-Boot durch die Mole bis zur vorgesehenen Pier. Dort ließ Lorenz das Boot festmachen. Sofort zogen britische Marinesoldaten unter Stahlhelm und Gewehr zur Bewachung auf.

Bei einem der letzten Abendessen an Bord brachte I WO Luther zur Sprache, ob man das Boot nicht versenken müsse.

Lorenz gabelte seinen Schinken mit Ei weiter und erwiderte: »Warum sollte ich einem tapferen alten kranken Mann noch mit dem Hammer auf den Kopf schlagen?«

»Die Engländer werden das Boot abwracken, verschrotten, zersägen und zu Stahl schmelzen.«

»Und wenn ich es versenke, heben sie es und verschrotten es genauso und schmelzen es zu Stahl«, erwiderte Lorenz. »Also, was soll's.«

Die Männer packten ihre paar Sachen zusammen und verabschiedeten sich vom Kommandanten per Händedruck. Einer nach dem anderen verließ durch Turm- oder Torpedoluk das Boot. Lorenz wartete ab, bis alle gegangen waren und sich am Pier sammelten.

Fast in letzter Sekunde kam strahlend der Obermaat

aus seinem Funkschapp und rief: »Nachricht von Norddeich Radio, Herr Korvettenkapitän: Familie, Mutter und Kind und Großvater wohlauf. Unterschrift Rotes Kreuz Traunstein, Oberbayern.«

Ganz gegen seine Gewohnheit dankte Lorenz dem Obermaat Lorenz mit Handschlag und umarmte ihn mit Tränen in den Augen. Dann war er allein auf seinem Schiff.

Bärtig, abgemagert und graugesichtig wanderte der Zug der sechzig Besatzungsmitglieder von *U-Monsun* die Pier entlang zum Gefangenenlager. Lorenz, der als letzter sein Boot verlassen hatte, folgte ihnen unter Sonderbewachung. Die Männer trugen ihr abgewetztes U-Boot-Lederzeug. In einem Leinenbeutel hatte jeder seine paar Habseligkeiten. Wie sie, des Gehens an Land ungewohnt, die Pier entlangschlurften, sahen sie aus wie Lemuren aus der Unterwelt oder Menschen, die aus fernen Welten zur Erde zurückkehrten.